Heinrich von Kleist

CW00858423

La Cruche cassée

Comédie en un acte

10 9 8 7 6 5 4 3 2 1

Heinrich von Kleist

La Cruche cassée

Comédie en un acte

Table de Matières

INTRODUCTION

Gœthe avoue qu'en présence de Kleist il ressentait cet effroi particulier qu'inspire un être que la nature a doué incomparablement, mais qui, victime d'un mal secret et incurable, ne réalise jamais sa vraie fin. Kleist lui-même compare sa tête à une urne de loterie où mille numéros mauvais se trouvent à côté d'un numéro gagnant. En fait, c'est une des personnalités les plus « inquiétantes » qui soient, une nature vraiment « problématique ». Ambitions insatiables et toujours insatisfaites, recherche passionnée du nouveau, défaut d'équilibre, mélange singulier de faiblesse et de présomption, les éléments les plus divers se mêlent dans sa vie comme dans son œuvre.

Né à Francfort-sur-l'Oder (1777), dans une famille qui appartenait à la vieille noblesse poméranienne, il entre à quinze ans dans les gardes prussiennes et fait campagne en 1794. Puis il abandonne le métier militaire qui le dégoûte, s'adonne aux études philosophiques et, tourmenté par ses espérances vagues et illimitées, ne sait où prendre racine. En 1801, il part pour Paris, s'y pose en Rousseau critique et contempteur d'une civilisation artificielle, passe quelque temps à Berne avec des amis, puis revient en Allemagne. Poursuivi par son démon, il oscille entre le rêve de faire plus grand que Gœthe ou d'être le Shakespeare de l'Allemagne et la pensée de se suicider en compagnie d'un ami. Il fait de nouveaux voyages, revient à Berlin où il écrit ses premières œuvres, se fait arrêter comme espion en 1806, passe six mois comme prisonnier en France, s'établit à Dresde où il assiste, impuissant, à l'insuccès de ses tentatives littéraires et à l'écrasement de sa patrie, accuse vainement Napoléon d'être l'auteur de ses malheurs, et, peu après la bataille de Wagram qui ruina définitivement ses espérances, se suicide le 21 novembre 1811, au bord du lac de Wansee, en compagnie d'une femme qui, elle aussi, désirait la mort.

Telle vie, telles œuvres. La *Famille Schroffenstein*, tragédie du soupçon et de la défiance, met en conflit les deux branches d'une curieuse famille entre lesquelles un contrat fatal allume une haine implacable. *Penthésilée*, œuvre supérieure à la précédente par la composition, est la personnification la plus parfaite du génie exalté de Kleist. Reine des Amazones, Penthésilée ne peut aimer Achille que si elle le vainc au combat, veut en triompher seule, s'élance à sa poursuite à travers d'abrupts rochers, ne peut supporter la pensée d'avoir été vaincue en une première rencontre, tue enfin l'objet de son amour, le livrant à la morsure des chiens et le dévorant elle-même de ses propres dents. À Penthésilée s'oppose l'esclave soumise, Catherine de Heilbronn, qui aime, comme Kleist eût voulu être aimé sans doute, le comte de Strahl. À côté de ces drames, non moins étranges et vigoureux, les deux grands drames patriotiques : la *Bataille d'Arminius*, destinée à montrer aux Allemands comment, par une guerre de guérillas, ils pourraient venir à bout de Napoléon et à glorifier, aux dépens de la race latine, le génie germanique ; le *Prince de Hombourg*, qui traite un sujet plus moderne et nous donne, à côté du drame proprement dit, le portrait du poète lui-même, de celui qui se tresse une couronne de laurier en son rêve de somnambule, passe des grands espoirs aux profonds découragements, et, condamné à mort, médite les détails de son exécution.

Mais, témoins de la souplesse du génie de Kleist, deux comédies s'ajoutent à ces drames : *Amphitryon* et celle que le présent volume donne en traduction au public. *La Cruche cassée* est un vrai tableau de genre à la Téniers, un des premiers modèles du drame réaliste en Allemagne, de couleur un peu crue, mais singulièrement vigoureuse et nette. Il s'agit ici d'un juge qui est le principal coupable dans une affaire qu'il se voit obligé d'instruire. C'est à Berne, dans la chambre de son ami Zschokke, que Kleist, en 1801, avait conçu l'idée première de sa pièce. Il y avait là, suspendue au mur, une gravure représentant un couple d'amoureux, une vieille femme qui crie, un juge piteux. Un concours entre les amis fut décidé, mais Kleist n'acheva sa pièce que plus tard, à Berlin.

E. V.
Agrégé de l'Université.

LA CRUCHE CASSÉE
COMÉDIE

PERSONNAGES

WALTER, conseiller de justice.
ADAM, juge de paix.
MAÎTRE LUMIÈRE (Licht), greffier.
DAME MARTHE RULL.
ÈVE, sa fille.
VEIT TUMPEL, paysan.
RUPRECHT, son fils.
DAME BRIGITTE.
Un Domestique, un Garde, des Servantes, etc.

L'action se passe dans un village des Pays-Bas, près d'Utrecht. — La scène représente la salle d'audience du tribunal.

Scène PREMIÈRE.

ADAM, *assis, en train de se bander la jambe.*
Entre MAÎTRE LUMIÈRE.

LUMIÈRE.

Eh, par le diable ! compère Adam, que vous est-il arrivé ? Vous avez une mine !

ADAM.

Oui, voyez un peu ce qui m'advient ! Il n'est vraiment besoin d'autre chose que de ses pieds pour culbuter. Voyez-vous de quoi buter sur ce plancher tout uni ? Pourtant c'est ici que j'ai buté ; ici. Car chacun porte en soi la pierre de malheur qui causera sa chute.

LUMIÈRE.

Comment dites-vous cela ? Chacun porte la pierre ?…

ADAM.

Oui, en soi.

LUMIÈRE.

Mauvaise affaire !

ADAM.

Plaît-il ?

LUMIÈRE.

C'est que vous avez pour ancêtre un certain Adam assez prompt à la chute, et qui fit à l'origine des choses un faux pas par lequel il s'est rendu célèbre. Vous n'êtes pourtant pas…

ADAM.

Quoi ?

LUMIÈRE.

Dans le même cas !

ADAM.

Si je… je crois… C'est ici que je suis tombé, vous dis-je.

LUMIÈRE.

Alors pas au figuré ? Vous vous êtes vraiment allongé ?

ADAM.

Rien moins qu'au figuré ; mais je devais faire mauvaise figure.

LUMIÈRE.

Et comment l'événement s'est-il produit ?

ADAM.

À l'instant, en sortant du lit. J'avais encore sur les lèvres mon cantique du réveil lorsque j'ai trébuché, et avant d'avoir seulement commencé le cours de la journée, par la volonté de Notre-Seigneur j'avais déjà le pied démis.

LUMIÈRE.

Et le pied gauche, pour comble !

ADAM.

Le gauche ?

LUMIÈRE.

Oui, celui qui est posé là.

ADAM.

Parbleu !

LUMIÈRE.

Juste Dieu ! Celui qui déjà sans cela suit avec assez de peine le chemin du péché.

ADAM.

Avec peine ! Pourquoi ?

LUMIÈRE.

Dame ! un pied-bot !

ADAM.

Pied-bot ? Un pied est un pied, une masse de chair et d'os.

LUMIÈRE.

Pardon ! Vous faites tort à votre pied droit qui ne saurait revendiquer l'honneur d'un poids pareil. Il s'aventure plus volontiers sur le terrain glissant.

ADAM.

Bah ! bah ! Quand l'un se risque, l'autre le suit.

LUMIÈRE.

Et qui vous a ainsi démoli la figure ?

ADAM.

La figure ? À moi !

LUMIÈRE.

Quoi ! vous n'en savez rien ?

ADAM.

Il me faudrait être un menteur pour dire oui ! Quelle figure ai-je donc ?

LUMIÈRE.

Quelle figure ?

ADAM.

Oui, compère.

LUMIÈRE.

Épouvantable.

ADAM.

Expliquez-vous plus clairement !

LUMIÈRE.

Tout écorchée, horrible à voir ; il manque à la joue un morceau que je ne saurais évaluer sans balance.

Scène PREMIÈRE.

ADAM.

Par tous les diables !

LUMIÈRE.

Tenez. *(Il lui apporte un miroir).* Voyez plutôt vous-même !
Une brebis harcelée par les chiens et qui se lance à travers les épines n'y laisse pas plus de laine que vous n'avez laissé de chair, Dieu sait où !

ADAM.

Hum ! oui ! C'est vrai. Ça n'a pas belle apparence. Le nez aussi a souffert.

LUMIÈRE.

Et l'œil.

ADAM.

Non, pas l'œil, compère !

LUMIÈRE.

Hé ! je le vois si bellement poché qu'on dirait, Dieu me damne ! que le coup vous fut asséné par un maître-valet en fureur.

ADAM.

C'est l'arcade sourcilière. Dire que je n'avais même rien senti de tout cela.

LUMIÈRE.

Oui ; c'est ainsi dans le feu de la lutte.

ADAM.

De la lutte ! quoi ? Ah ! si vous voulez, avec cette damnée chèvre,[1] là, près du poêle. Oui, je m'en souviens à présent… Lorsque j'ai perdu l'équilibre, et que comme un noyé j'ai étendu les bras pour me cramponner à quelque chose, j'ai saisi la culotte que hier au soir j'avais mis sécher à la galerie du poêle ; je saisis donc la culotte (vous me suivez bien ?) pensant — fou que j'étais ! — m'y retenir, mais voilà la boucle qui craque, et du coup la culotte et moi nous tombons, et la tête en avant je me jette en plein contre le poêle, juste à cet angle, là-bas, ou

---

1 Chèvre, sorte de double X sur lequel on place généralement les morceaux de bois pour les scier. La chèvre sert, ici, à empiler les bûches ou les fagots, et tient lieu de caisse à bois.

cette maudite chèvre avance le nez.

LUMIÈRE, *RIANT.*

Bon, bon !

ADAM.

Ah ! malédiction !

LUMIÈRE.

La chute d'Adam, vous la faites, vous, en sortant d'un lit.

ADAM.

Sur mon âme ! Pourtant, je voulais vous demander… qu'y a-t-il de nouveau ?

LUMIÈRE.

Ce qu'il y a de nouveau ? Que le diable m'emporte ! un peu plus je l'aurais oublié.

ADAM.

Donc ?

LUMIÈRE.

Préparez-vous à recevoir d'Utrecht une visite inattendue.

ADAM.

Ah !

LUMIÈRE.

Monsieur le conseiller de justice va venir.

ADAM.

Qui est-ce qui va venir ?

LUMIÈRE.

Monsieur le conseiller de justice Walter va venir d'Utrecht. Il fait une tournée d'inspection dans les tribunaux, et aujourd'hui même il arrive chez nous.

ADAM.

Aujourd'hui même. Vous avez perdu la tête !

Scène PREMIÈRE

LUMIÈRE.

Aussi vrai que je vis ! Il était hier au village d'Holla, sur la frontière, et y a inspecté le tribunal. Un paysan a vu les chevaux de relais déjà prêts devant la voiture, sur la route d'Huisum.

ADAM.

Aujourd'hui même, le conseiller de justice, venir d'Utrecht pour une inspection ! L'honnête homme tond lui-même ses petites brebis et déteste de semblables comédies. Venir à Huisum nous embêter !

LUMIÈRE.

S'il est venu jusqu'à Holla, il viendra bien jusqu'à Huisum ! Prenez garde.

ADAM.

Allons donc !

LUMIÈRE.

Je vous le dis !

ADAM.

Laissez-moi avec vos sornettes !

LUMIÈRE.

Le paysan lui-même l'a vu, que diantre !

ADAM.

Dieu sait ce qu'a bien pu voir ce drôle aux yeux chassieux. Ces gaillards-là ne distinguent pas une figure d'un occiput quand il est chauve. Mettez un tricorne sur ma canne, enroulez mon manteau autour, avec deux bottes en-dessous, et vous ferez prendre ça pour qui vous voudrez à tous ces marauds-là.

LUMIÈRE.

Tant pis ! Continuez, de par tous les diables, à ne rien croire jusqu'à ce qu'il entre par cette porte !

ADAM.

Lui, entrer ! Sans même nous avoir fait passer un mot !

LUMIÈRE.

Quelle déraison ! Comme si c'était encore l'ancien inspecteur Wachholder ! C'est le conseiller Walter qui inspecte à présent !

ADAM.

Et quand même, le conseiller Walter ! Laissez-moi en paix. L'homme a prêté serment, n'est-il pas vrai, et exerce le métier comme nous, en observant les us et coutumes existants.

LUMIÈRE.

Toujours est-il que je puis vous affirmer ceci : le conseiller Walter est arrivé inopinément à Holla hier, vérifia la caisse et le greffe, et suspendit, — pourquoi ? je n'en sais rien, — juge et greffier « *ab officio* ».

ADAM.

Ah, diable ! Le paysan a dit cela ?

LUMIÈRE.

Cela et autre chose encore.

ADAM.

Ainsi ?

LUMIÈRE.

Si vous tenez à le savoir : que ce matin de bonne heure on alla querir le juge qu'on avait tenu aux arrêts dans sa maison et qu'on le trouva derrière la grange, pendu au plus haut chevron du toit.

ADAM.

Vous dites ?

LUMIÈRE.

Sur ce, des gens vinrent au secours ; on le dépendit, on le frictionna, on lui jeta de l'eau, bref on le ramena à la vie, sans plus.

ADAM.

Ah ! on le ramena ?

LUMIÈRE.

Oui, mais toutefois dans sa maison tout fut fermé, mis sous scellés ; on fit prêter serment, et comme s'il était déjà mort et enterré un autre a bel et bien hérité de sa fonction de juge.

ADAM.

Ah, diantre ! Voyez un peu ! C'était, c'est vrai, un gaillard bigrement dissolu, mais une brave peau, avec lequel il faisait bon se trouver ; pourtant terriblement dissolu, ça, oui, il faut le dire. Si le conseiller était aujourd'hui à Holla, je crois volontiers que ça a dû mal tourner pour le pauvre bougre.

LUMIÈRE.

Et c'est uniquement à cause de cet événement, disait le paysan, que le conseiller n'est pas encore ici. Mais pour midi, il sera là sans faute.

ADAM.

Pour midi ! Bien, compère. Maintenant causons en amis. Vous savez comme les deux mains se lavent l'une l'autre. Vous aimeriez, je sais, devenir aussi juge et, par Dieu ! vous en êtes digne autant qu'aucun. Mais aujourd'hui le moment n'est pas venu ; aujourd'hui laissez encore passer la coupe sans vouloir la saisir.

LUMIÈRE.

Moi juge ! Que pensez-vous de moi ?

ADAM.

Vous êtes expert en discours bien tournés et vous avez aussi bien que quiconque étudié Cicéron à l'école d'Amsterdam. Mais refoulez aujourd'hui votre amour-propre ; croyez-moi. Il se trouvera encore plus d'une occasion de montrer vos talents.

LUMIÈRE.

Nous, collègues ! Y pensez-vous !

ADAM.

En son temps, vous ne l'ignorez pas, le grand Démosthène sut aussi se taire. Imitez pour cette fois son exemple, et si je ne suis pas roi de Macédoine, je saurai cependant montrer à ma façon de la reconnaissance.

LUMIÈRE.

Laissez-moi avec un tel soupçon, vous dis-je ! Ai-je jamais…

ADAM.

Voyez, moi, pour ma part, je suivrai aussi l'exemple du grand Athénien. On pourrait certes, à propos de dépositions et de redevances, composer un ingénieux discours, mais qui voudrait s'amuser à tourner de belles périodes pour si peu ?

LUMIÈRE.

Bien, bien !

ADAM.

Quant à moi, je suis à l'abri de tout reproche ; au diable tout cela ! On ne saurait voir, en ce qui me concerne, que peut-être quelque plaisanterie qui, née dans l'ombre, se cache aux indiscrets rayons du jour.

LUMIÈRE.

Je sais.

ADAM.

Sur mon âme, il n'y a pas de raison pour qu'un juge, lorsqu'il n'est pas dans son fauteuil, soit grave et sentencieux comme un ours blanc.

LUMIÈRE.

C'est aussi ce qu'il me semble.

ADAM.

Eh bien donc, venez, compère ! Suivez-moi un peu au greffe où je veux entasser proprement les piles d'actes, effondrées comme la tour de Babel.

Scène II
LES PRÉCÉDENTS, UN DOMESTIQUE, *puis* DEUX SERVANTES.

LE DOMESTIQUE.

Dieu soit avec vous, monsieur le juge ! Le conseiller Walter vous adresse ses salutations, il sera ici dans un instant.

ADAM.

Juste ciel ! En a-t-il déjà fini avec Holla ?

LE DOMESTIQUE.

Oui, il est à Huisum.

ADAM.

Hé ! Lise, Marguerite !

LUMIÈRE.

Du calme ! du calme, voyons !

ADAM.

Compère !

LUMIÈRE.

Envoyez-lui vos civilités.

LE DOMESTIQUE.

Et demain nous partirons pour Hussah.

ADAM.

Que faire à présent ? Que ne pas faire ?

(Il veut saisir ses habits).

PREMIÈRE SERVANTE, *ENTRANT.*

Me voici, monsieur.

LUMIÈRE.

Vous voulez mettre la culotte, vous êtes fou ?

DEUXIÈME SERVANTE, *ENTRANT.*

Me voici, monsieur le juge.

LUMIÈRE.

Prenez l'habit.

ADAM, *REGARDANT AUTOUR DE LUI.*

Qui est là ? le conseiller ?

LUMIÈRE.

La servante, voyons !

ADAM.

Le rabat, le manteau, le col !

PREMIÈRE SERVANTE.

Le gilet d'abord.

ADAM.

Ah oui ! Enlève-moi l'habit ; leste !

LUMIÈRE, *AU DOMESTIQUE.*

Monsieur le conseiller sera le bienvenu ici. Nous sommes à l'instant prêts à le recevoir. Dites-lui cela, s'il vous plaît.

ADAM.

Par tous les diables ! Dites que le juge Adam le prie de l'excuser.

LUMIÈRE.

L'excuser !

ADAM.

Oui, l'excuser. Serait-il déjà en route par hasard ?

LE DOMESTIQUE.

Il est encore à l'auberge. Il a demandé le forgeron, la voiture ayant été brisée.

ADAM.

Bien. Présentez-lui mes compliments. (Le forgeron n'est pas leste). Je le prie de m'excuser, m'étant presque cassé le cou et les jambes ; voyez vous-même, c'est un scandale que ma mine. Et chaque frayeur m'est une purge naturelle. Je suis malade.

LUMIÈRE.

Êtes-vous dans votre sens ? Monsieur le conseiller sera le bienvenu. Voulez-vous… ?

ADAM.

Par l'enfer !

LUMIÈRE.

Quoi ?

ADAM.

Que le diable m'emporte ! c'est tout comme si j'avais déjà pris une poudre.

LUMIÈRE.

Il ne manque que cela. Mettez-lui bien la puce à l'oreille.

ADAM.

Marguerite ! Hé ! sac d'os ! Lise !

LES DEUX SERVANTES.

Nous sommes là. Que voulez-vous ?

ADAM.

Allez, vous dis-je ! Sortez-moi du greffe fromage, jambon, beurre, saucisses et bouteilles. Et vite ! Pas toi, l'autre ! — Oui, toi, fainéante. Tonnerre de Dieu, Marguerite ! Que Lise aille au greffe, l'idiote.

(La première servante sort).

DEUXIÈME SERVANTE.

Parlez qu'on vous comprenne !

ADAM.

Ferme ton bec, toi, et cherche-moi ma perruque. Marche ! dans la bibliothèque. Allons, vite, détale !

(La deuxième servante sort).

LUMIÈRE, *AU DOMESTIQUE.*

J'espère qu'il n'est rien arrivé de fâcheux en voyage à monsieur le conseiller ?

LE DOMESTIQUE.

Heu ! Nous avons versé dans un chemin creux.

ADAM.

Peste ! Mon pied écorché ! Je n'arrive pas à mettre mes bottes !

LUMIÈRE.

Bonté divine ! Versé, dites-vous ? Sans autre mal pourtant ?

LE DOMESTIQUE.

Rien de grave. Monsieur s'est un peu foulé la main. Le timon est cassé.

ADAM, À PART.

Que ne s'est-il cassé le cou !

LUMIÈRE.

Foulé la main ! Ah, bon Dieu ! Le forgeron est-il déjà venu ?

LE DOMESTIQUE.

Oui, pour le timon.

LUMIÈRE.

Comment ?

ADAM.

Vous vouliez dire le docteur.

LUMIÈRE.

Comment ?

LE DOMESTIQUE.

Pour le timon ?

ADAM.

Mais non ! pour la main.

LE DOMESTIQUE.

Adieu, messieurs. Je crois que ces gaillards-là sont fous.

(Il sort).

LUMIÈRE.

Je pensais bien : le forgeron.

ADAM.

Vous vous découvrez, compère.

LUMIÈRE.

Comment cela ?

ADAM.

Vous êtes embarrassé.

LUMIÈRE.

Comment ?

PREMIÈRE SERVANTE, *ENTRANT.*

Hé, Lise !

ADAM.

Qu'as-tu là ?

PREMIÈRE SERVANTE.

Des saucissons de Brunswick, monsieur le juge.

ADAM.

Ce sont des actes de tutelle !

LUMIÈRE.

Moi, embarrassé !

ADAM.

Il faut les rapporter au greffe.

PREMIÈRE SERVANTE.

Les saucissons !

ADAM.

Quoi, les saucissons ! Le papier qui est autour.

LUMIÈRE.

C'était un quiproquo.

DEUXIÈME SERVANTE, *ENTRANT.*

Je ne trouve pas de perruque dans la bibliothèque, monsieur le juge.

ADAM.

Pourquoi pas ?

DEUXIÈME SERVANTE.

Hum ! Parce que… vous…

ADAM.

Eh bien ! quoi ?

DEUXIÈME SERVANTE.

Hier soir, au coup d'onze heures…

ADAM.

Eh bien ! parleras-tu ?

DEUXIÈME SERVANTE.

Hé ! rappelez-vous ! Vous êtes rentré à la maison sans perruque.

ADAM.

Sans perruque, moi ?

DEUXIÈME SERVANTE.

En vérité. Voici Lise qui peut en témoigner. Et l'autre est chez le perruquier.

ADAM.

Je serais…

PREMIÈRE SERVANTE.

Oui, sur ma foi, monsieur le juge. Vous aviez le crâne nu quand vous êtes revenu. Vous disiez que vous étiez tombé ; ne le savez-vous plus ? Il m'a même fallu sur l'heure vous laver la tête, parce qu'il y avait du sang tout plein.

ADAM.

L'effrontée !

PREMIÈRE SERVANTE.

Je ne suis pas une honnête fille, si…

ADAM.

Tiens ta langue, te dis-je. Il n'y a pas un mot de vrai.

LUMIÈRE.

Vous avez la blessure depuis hier ?

Scène II

ADAM.

Non, d'aujourd'hui seulement. La blessure aujourd'hui, et hier la perruque. Je l'avais sur la tête, poudrée de blanc, et sur l'honneur, c'est seulement en rentrant à la maison que, par distraction, je l'ai ôtée avec le chapeau. Ce que celle-là a pu laver, je n'en sais rien ! — Va-t'en au diable, où c'est ta place. — Retourne au greffe ! *(La première servante sort)*. Cours, Marguerite ! Que mon compère le sacristain me prête la sienne. Dis-lui que ce matin la chatte a fait ses petits dans la mienne, la sale bête ! Et que maintenant elle est sous le lit, toute cochonnée ; je sais maintenant.

LUMIÈRE.

La chatte ? Quoi, vous…

ADAM.

Aussi vrai que je respire ; cinq petits, jaunes et noirs, et il y en a aussi un tout blanc. Les noirs, on les noiera dans la rivière. Que voulez-vous qu'on en fasse ? En voulez-vous un ?

LUMIÈRE.

Dans la perruque ?

ADAM.

Oui, ma parole ! J'avais accroché la perruque à une chaise, en allant me coucher ; pendant la nuit, j'ai poussé la chaise, la perruque est tombée.

LUMIÈRE.

Sur ce la chatte la prend aussitôt dans sa gueule.

ADAM.

Sur mon âme !

LUMIÈRE.

L'emporte sous le lit et y fait ses petits ?

ADAM.

Pas dans la gueule, non…

LUMIÈRE.

Non ? comment alors ?

ADAM.

La chatte ? Mais non.

LUMIÈRE.

Non ? C'est vous peut-être…

ADAM.

Moi ! dans la gueule ! Je crois… Je l'ai poussée du pied ce matin quand je l'ai vue.

LUMIÈRE.

Bon, bon !

ADAM.

Ah, la canaille ! Ils s'accouplent et mettent bas à la première place venue.

DEUXIÈME SERVANTE, *RIANT SOUS CAPE.*

Alors dois-je y aller ?

ADAM.

Oui ; mes compliments à ma cousine Schwarzgewand, la femme du sacristain ; je lui renverrai la perruque encore ce soir, en parfait état ; à lui tu n'as besoin de rien dire. Tu as compris ?

DEUXIÈME SERVANTE.

Je ferai la commission.

(Elle sort.)

Scène III.
ADAM et LUMIÈRE.

ADAM.

Je n'augure rien de bon aujourd'hui, compère Lumière.

LUMIÈRE.

Pourquoi ?

ADAM.

Il me semble que tout va sens dessus dessous. N'est-ce pas aussi jour d'audience ?

LUMIÈRE.
Assurément. Les plaignants sont déjà devant la porte.

ADAM.
J'ai rêvé qu'un plaignant m'avait saisi et me traînait devant le tribunal où en même temps j'étais en train de siéger, et du haut duquel je me gourmandais, je m'injuriais, je me traitais de polisson, et finalement je me condamnais moi-même au carcan.

LUMIÈRE.
Comment, vous-même ?

ADAM.
Sur ma foi !… Là-dessus les deux moi en redevenaient un seul, prenaient la fuite et étaient obligés de passer la nuit dans la forêt.

LUMIÈRE.
Et maintenant ? Vous croyez que le rêve ?…

ADAM.
Que le diable m'emporte ! Si ce n'est pas le rêve, il y a, d'une façon ou d'une autre, quelque mauvais tour qui se prépare contre moi.

LUMIÈRE.
Vaine frayeur ! Ayez seulement soin de rendre justice aux parties selon les prescriptions lorsque le conseiller sera présent, de façon à ce que le rêve du juge rabroué ne se réalise pas d'autre façon.

Scène IV.
LES PRÉCÉDENTS, LE CONSEILLER WALTER.

WALTER.
Je vous salue, juge Adam.

ADAM.
Hé ! soyez le bienvenu, soyez le bienvenu, monsieur le conseiller, dans notre Huisum. Qui pouvait, bonté divine ! s'attendre à une si aimable visite ? on n'eût pas même en rêve, ce matin encore à huit

heures, osé aspirer à cette faveur.

WALTER.

J'arrive un peu vite, je le sais, et je dois m'estimer heureux, dans cette tournée de service, quand mes hôtes me font au départ de bienveillants adieux. Quant à moi, croyez que c'est toujours avec les plus cordiales intentions que je me présente. La cour suprême d'Utrecht désire améliorer dans nos campagnes l'administration de la justice, en bien des endroits très défectueuse, et veut que les abus y soient sévèrement réprimés. Pourtant mon rôle, à présent, n'est nullement de montrer de la sévérité : je viens seulement voir et non punir, et si je ne trouve pas actuellement toutes choses dans l'état où il faudrait, je me tiendrai néanmoins pour satisfait lorsque la situation sera tolérable.

ADAM.

En vérité, une si noble pensée mérite d'être louée ; Votre Grâce aura, je n'en doute pas, à reprendre çà et là aux anciennes coutumes, car si elles remontent dans nos pays jusqu'à Charles-Quint, que n'y peut-on reprendre, à la réflexion ? « Le monde devient de plus en plus intelligent », dit un proverbe de chez nous, et chacun lit, je sais, son Pufendorff.[2] Pourtant Huisum est une bien petite parcelle du monde et ne possède ni plus ni moins que sa mince part de l'universelle intelligence. Éclairez avec bonté la justice d'Huisum, monsieur le conseiller, et soyez convaincu que vous ne lui tournerez pas encore le dos que déjà elle vous aura pleinement satisfait. Pourtant ce serait un miracle si vous la trouviez dès aujourd'hui telle que vous la désirez, car elle ne sait encore qu'obscurément ce que vous attendez d'elle.

WALTER.

Oui, parfaitement, on manque de prescriptions. Ou plutôt il y en a trop et il faudrait les passer au crible.

ADAM.

À travers un grand crible. Car il y a beaucoup de balle, beaucoup de balle.

WALTER.

Est-ce là monsieur le greffier ?

2 Pufendorff, publiciste et historien né en 1632, enseigna le droit à Heidelberg, puis à Lund, et fut appelé à Berlin par le grand Électeur. Son principal ouvrage est *De jure naturæ et gentium*, qui souleva une vive polémique et acheva la réputation de l'auteur.

LUMIÈRE.

Maître Lumière, greffier, pour servir Votre Grâce. Il y aura à la Pentecôte neuf ans que je suis au service de la magistrature.

ADAM, *APPORTANT UNE CHAISE.*

Prenez place.

WALTER.

Laissez, c'est inutile.

ADAM.

Vous arrivez déjà de Holla ?

WALTER.

Deux petites lieues. Comment le savez-vous ?

ADAM.

Le domestique de Votre Grâce…

LUMIÈRE.

Un paysan l'a dit, qui justement arrivait d'Holla.

WALTER.

Un paysan ?

ADAM.

Parfaitement.

WALTER.

Oui, il s'est produit là un pénible incident qui a troublé la sérénité que nous devrions toujours avoir en affaires. Vous l'avez appris sans doute ?

ADAM.

Est-ce bien vrai, Votre Seigneurie ? Le juge Pfaul, pour avoir été tenu aux arrêts dans sa maison, s'est laissé aller, l'insensé, à un tel désespoir ? il s'est pendu ?

WALTER.

Et par là, il aggrava le mal. Ce qui paraissait n'être que négligence et désordre prend maintenant l'apparence de malversations que la loi, comme vous savez, ne ménage pas. Combien de caisses avez-vous ?

ADAM.

Cinq, pour vous servir.

WALTER.

Comment cinq ? J'avais idée… Des caisses pleines ?… je croyais que vous n'en aviez que quatre.

ADAM.

Excusez. Avec la caisse des collectes pour les inondations du Rhin…

WALTER.

Avec la caisse des inondations ! Mais il n'y a pas d'inondation du Rhin en ce moment, et de ce fait pas de collectes pour les inondés. Mais dites-moi, vous avez audience aujourd'hui ?

ADAM.

Si nous ?

WALTER.

Quoi ?

LUMIÈRE.

Oui, le premier jour de la semaine.

WALTER.

Et cette troupe de gens que j'ai vus tout à l'heure à votre seuil, sont-ce ?…

ADAM.

C'est sans doute…

LUMIÈRE.

Ce sont les plaignants qui déjà se rassemblent.

WALTER.

Très bien. Je suis ravi de cette circonstance, messieurs. Faites entrer ces gens, je vous prie. J'assisterai à la marche des affaires et verrai quels sont les usages de la justice dans votre Huisum. Nous nous occuperons après du greffe et des caisses, lorsque ces affaires-là auront été réglées.

ADAM.

À vos ordres. — Hé ! Le garde ! Hanfriede !

Scène V.
LES PRÉCÉDENTS, LA DEUXIÈME SERVANTE.

DEUXIÈME SERVANTE.

La femme du sacristain vous fait bien saluer, monsieur le juge. Elle vous aurait le plus volontiers du monde prêté…

ADAM.

Comment ? Pas de perruque ?

DEUXIÈME SERVANTE.

Elle a dit qu'il y avait prêche ce matin et que le sacristain porte lui-même l'une ; quant à l'autre elle est immettable et doit aujourd'hui même aller chez le perruquier.

ADAM.

Malédiction !

DEUXIÈME SERVANTE.

Sitôt que le sacristain rentrera, elle vous enverra immédiatement celle qu'il porte.

ADAM.

Sur mon honneur, monsieur le conseiller.

WALTER.

Qu'y a-t-il ?

ADAM.

Un hasard malencontreux me prive de mes deux perruques ; et celle que je comptais emprunter me manque aussi ; il me faudra tenir audience avec ma tête chauve.

WALTER.

Chauve !

ADAM.

Oui, par le Dieu éternel ! et quoique sans l'assistance de ma perruque je sois bien en peine pour ma prestance de juge… À moins d'essayer encore à la métairie, peut-être le métayer…

WALTER.

À la métairie ! Personne d'autre dans l'endroit ne peut-il ?

ADAM.

Non, en vérité.

WALTER.

Le pasteur peut-être ?

ADAM.

Le pasteur ! Ce…

WALTER.

Ou le maître d'école ?

ADAM.

Depuis la suppression de la dîme où je pris part en tant que juge, Votre Grâce, je ne puis plus compter sur aucun des deux.

WALTER.

Eh bien ! monsieur le juge, eh bien ! Et l'audience ! Pensez-vous attendre que les cheveux vous poussent ?

ADAM.

Si vous permettez, je vais envoyer à la métairie.

WALTER.

Combien de temps faut-il ?

ADAM.

Une petite demi-heure.

WALTER.

Une demi-heure, quoi ? Et votre heure de siéger a déjà sonné. Finissez-en, je vous prie. Il me faut aujourd'hui même être à Hussah.

ADAM.

Finissez-en ! Oui, mais…

WALTER.

Eh bien ! poudrez-vous la tête. Que diable aussi avez-vous fait de vos perruques ? Tirez-vous d'affaire comme vous pourrez. Je suis pressé.

ADAM.

Bien, bien !

LE GARDE, *ENTRANT.*

Voici le garde.

ADAM.

Puis-je en attendant vous offrir quelque chose ? Du saucisson de Brunswick ? Un petit verre d'eau-de-vie de Dantzig, peut-être.

WALTER.

Merci bien.

ADAM.

Sans cérémonie ?

WALTER.

Merci ; j'ai déjà déjeuné, je vous l'ai dit. Allez et ne perdez pas de temps. J'ai pour mon compte quelques notes à consigner dans mon carnet.

ADAM.

Comme vous voudrez, alors. Viens, Marguerite.

WALTER.

Votre visage est méchamment arrangé, juge Adam. Seriez-vous tombé ?

ADAM.

Une chute quasi mortelle que j'ai faite ce matin en sortant du lit. Voyez, monsieur le conseiller, dans cette chambre, une chute… J'ai cru que c'était dans la tombe.

Walter.

J'en suis bien peiné. Cela n'aura pas de suites, j'espère ?

Adam.

Je ne pense pas. En tout cas, cela ne doit pas m'arrêter dans mon devoir de juge. Permettez…

Walter.

Allez, allez !

Adam, *au garde*

Tu appelleras les plaignants. En avant !

(Adam, la servante et le garde sortent).

Scène VI.

DAME MARTHE, ÈVE, VEIT TUMPEL et RUPRECHT *entrent* ; WALTER et MAÎTRE LUMIÈRE *se tiennent au fond.*

Dame Marthe.

Allez, canailles, démolisseurs de cruches ! Vous me le payerez.

Veit.

Calmez-vous donc, dame Marthe. Ici toute l'affaire va s'instruire.

Dame Marthe.

Ah oui ! instruire ! Voyez le beau parleur ! Instruire sur ma cruche détruite ; en sera-t-elle moins détruite si l'affaire est instruite ? On instruira que détruite elle restera et voilà tout ! Et pour cette instruction je ne donnerais même pas les débris de la destruction.

Veit.

Mais si vous prouvez votre bon droit, vous dis-je, je réparerai…

Dame Marthe.

Lui, me réparer ma cruche ! Si je prouve mon bon droit, réparer ! Eh ! mettez-la donc là et essayez un peu, mettez-la donc sur ce rebord. Réparer ! Une cruche qui n'a plus de quoi se tenir ni debout, ni assise, ni couchée. Réparer !

Veit.

Ne m'entendez-vous pas ? Qu'avez-vous à glapir de la sorte ? Que peut-on faire de plus, si l'un de nous a cassé votre cruche, que de vous dédommager !

Dame Marthe.

Dédommagée, moi ! Il parle comme une bête à cornes ! Pensez-vous que la justice soit un potier ? Et quand ces messieurs des États-généraux viendraient eux-mêmes, s'attacheraient un tablier sur le ventre et porteraient en cortège ma cruche au four, ils pourraient bien y faire n'importe quoi, excepté la désendommager ! Dédommagée !

Ruprecht.

Laisse-la, père ! Viens avec moi. La mégère ! Ce n'est pas tant pour la cruche cassée qu'elle se tourmente que pour le mariage qui a reçu une rude fêlure et que de force elle voudrait raccommoder ici. Mais j'en mets la main au feu : je veux être damné si je prends cette gourgandine !

Dame Marthe.

L'imbécile ! Raccommoder le mariage ! Le mariage ! Mais il ne vaut pas l'agrafe pour le tenir, il ne vaut pas un des morceaux de ma cruche ! Et s'il était devant moi, tout reluisant, comme hier encore ma cruche sur le rebord de la fenêtre, des deux mains je le saisirais par l'anse et je te le casserais avec fracas sur la tête. Mais je me garderais bien de vouloir le raccommoder ! Ah mais non ! pas de raccommodage !

Ève.

Ruprecht !

Ruprecht.

Laisse-moi, toi !

Ève.

Mon Ruprecht bien-aimé.

Ruprecht.

Fais que je ne te voie plus.

ÈVE.

Je t'en conjure !

RUPRECHT.

Tu n'es qu'une misérable… je ne veux pas dire quoi !

ÈVE.

Laisse-moi te dire un seul mot, à part.

RUPRECHT.

Non !

ÈVE.

Tu vas partir au régiment, Ruprecht. Qui sait, quand tu porteras fusil, si je te reverrai de ma vie ? Il y a la guerre, penses-y, la guerre pour laquelle tu partiras ; veux-tu me quitter avec une semblable rancune ?

RUPRECHT.

De la rancune, non ! Dieu m'en préserve ! Qu'il t'accorde au contraire toutes les prospérités qu'il se peut. Mais quand bien même je reviendrais de la guerre sain et sauf, avec un corps robuste comme l'airain, et que je vivrais à Huisum jusqu'à quatre-vingts ans, je te dirai jusqu'à ma mort : Tu es une gourgandine ! Tu veux d'ailleurs toi-même en jurer devant le tribunal.

DAME MARTHE, *À ÈVE.*

Viens ici ! Que te disais-je ? Veux-tu encore te faire injurier ? C'est monsieur le caporal qu'il te faut pour mari, une digne jambe de bois, qui, à l'armée, a fait marcher les autres avec son bâton, et non pas ce vaurien-là qui ira au contraire tendre son dos à la bastonnade. Aujourd'hui même il y aura fiançailles, il y aura mariage, et quand il y aurait baptême aujourd'hui même, je n'en serais que plus contente, et je consens à ce qu'on me mette en terre pourvu que j'aie d'abord fait descendre de ses ergots ce vaniteux qui s'est dressé jusqu'à ma cruche.

ÈVE.

Mère, laisse la cruche, je t'en prie. Ou permets-moi de chercher à la ville un habile ouvrier qui pourra en rassembler les morceaux. Et si c'en est fait d'elle, prends toute ma tirelire et achètes-en une neuve. Qui voudrait donc pour une cruche de terre, daterait-elle du temps d'Hérode, susciter disputes et malheurs !

DAME MARTHE.

Tu ne peux parler que de ce que tu comprends. Veux-tu donc, ma petite Ève, porter le carcan et, dimanche prochain, aller contritement à l'église pour faire pénitence ? Ta bonne renommée était attachée à cette cruche et a été détruite avec elle aux yeux du monde, quand même elle reste intacte devant Dieu, et toi, et moi. C'est le juge qui est mon ouvrier ; c'est le sergent, le billot, les étrivières qu'il nous faut ! Au bûcher la canaille, s'il est besoin du feu pour blanchir notre honneur et rendre à la cruche son vernis !

Scène VII
ADAM, *en tenue de juge mais sans perruque* ; LES PRÉCÉDENTS.

ADAM, À PART.

Tiens, tiens ! la petite Ève ! Eh quoi ! cette brute de Ruprecht aussi ! Et, par le diable, toute la séquelle ! Ils ne vont pourtant pas venir m'accuser devant moi-même ?

ÈVE.

Chère maman, je vous en conjure, quittons cette salle de malheur.

ADAM, À LUMIÈRE.

Compère, dites-moi donc, que me veulent ceux-ci ?

LUMIÈRE.

Que sais-je ? beaucoup de bruit pour rien ; des niaiseries. Il y a eu une cruche de cassée, à ce que j'entends.

ADAM.

Une cruche ! Ah ! vraiment ? Et... qui a cassé la cruche ?

LUMIÈRE.

Qui l'a cassée ?

ADAM.

Oui, compère, le savez-vous ?

LUMIÈRE.

Sur mon âme, commencez à siéger et de la sorte vous l'apprendrez.

ADAM, *À PART, À ÈVE.*

Ma petite Ève.

ÈVE, *DE MÊME.*

Allez !

ADAM.

Un mot !

ÈVE.

Je ne veux rien savoir.

ADAM.

Que venez-vous faire ?

ÈVE.

Je vous dis de me laisser.

ADAM.

Petite Ève, je t'en prie ! Que signifie tout cela ?

ÈVE.

Si tout de suite vous ne… Je vous l'ai dit, laissez-moi.

ADAM, *À LUMIÈRE.*

Ecoutez, compère ; sur mon âme, je n'y tiens plus. Ma blessure au tibia me donne des nausées ; conduisez vous-même l'affaire, je veux aller me mettre au lit.

LUMIÈRE.

Au lit ?… Vous voulez… ? Je crois que vous êtes fou.

ADAM.

Le diable m'emporte ! Il faut que je rende.

LUMIÈRE.

Je crois vraiment que vous perdez la raison. N'arrivez-vous pas à l'instant ? D'ailleurs cela m'est égal. Dites-le à monsieur le conseiller.

Peut-être vous permettra-t-il de vous en aller. Je ne sais vraiment pas ce qui vous manque.

ADAM, DE NOUVEAU À ÈVE.

Ève, je t'en supplie, par les cinq plaies du Seigneur : dis-moi ce que vous venez faire ici.

ÈVE.

Vous l'entendrez déjà.

ADAM.

Est-ce seulement à cause de cette cruche que ta mère porte là et que ?…

ÈVE.

Oui, à cause de la cruche.

ADAM.

Et rien de plus ?

ÈVE.

Rien de plus.

ADAM.

Sûrement ? Bien sûrement ?

ÈVE.

Oui, vous dis-je ; allez ! Laissez-moi en paix.

ADAM.

Ah ! toi, écoute, et sois prudente, je te le conseille.

ÈVE.

Vous êtes un impudent.

ADAM.

Il y a maintenant dans le certificat le nom de Ruprecht Tumpel en grandes lettres ; je l'ai dans ma poche bel et bien terminé. L'entends-tu craqueter, petite Ève ? Vois-tu, tu pourras d'ici un an venir le chercher pour y tailler le patron de tes corsages et des tabliers de deuil lorsque tu apprendras que ton Ruprecht a crevé, à Batavia, je ne sais pas de quelle fièvre, jaune, scarlatine ou putride.

WALTER.

Ne parlez pas avec les parties avant l'audience, monsieur le juge Adam. Asseyez-vous ici et interrogez-les.

ADAM.

Que dites-vous ? — Qu'ordonne Votre Grâce ?

WALTER.

Ce que j'ordonne ? Je vous dis expressément que vous ne devez pas, avant de siéger, avoir avec les plaignants des apartés équivoques. Voici la place qui convient à votre emploi et à l'interrogatoire public que j'attends.

ADAM, À PART.

Damnation ! Je ne puis m'y décider. Il y a eu un bruit de casse tandis que je partais.

LUMIÈRE, DONT LA VOIX FAIT SURSAUTER ADAM.

Monsieur le juge, êtes-vous ?…

ADAM.

Moi ? non ! sur l'honneur ! Je l'avais posée dessus avec soin, et il aurait fallu que je sois un bœuf…

LUMIÈRE

Quoi ?

ADAM.

Quoi !

LUMIÈRE.

Je demandais…

ADAM.

Vous demandiez si je…

LUMIÈRE.

Si vous êtes sourd, demandais-je. Monsieur le conseiller vous a appelé.

ADAM.

Je croyais… Qui a appelé ?

LUMIÈRE.

Monsieur le conseiller, là !

ADAM, *À PART.*

Aussi que le diable l'emporte ! Il n'y a que deux alternatives, pas plus, et ce qui ne pliera pas rompra. *(Haut)* À l'instant ! À l'instant ! Qu'ordonne Votre Grâce ? Faut-il commencer la procédure ?

WALTER.

Vous êtes étrangement distrait. Qu'avez-vous donc ?

ADAM.

Excusez ! excusez ! Une de mes pintades, que j'ai achetée à un voyageur des Indes, a la pépie ; je dois la gaver et n'y entends rien, aussi demandais-je simplement conseil à la demoiselle. Je suis fou pour ces sortes de choses et appelle mes poules : mes enfants.

WALTER.

Allons, prenez votre place. Appelez le plaignant et entendez sa cause ; et vous monsieur le greffier, dressez le procès-verbal.

ADAM.

Votre Grâce désire-t-elle qu'on fasse la procédure avec les formalités officielles ou selon qu'il est en usage à Huisum ?

WALTER.

En la forme légale, comme il est d'usage à Huisum, pas autrement.

ADAM.

Bien, bien. Je saurai vous servir. Êtes-vous prêt, monsieur le greffier ?

LUMIÈRE.

À vos ordres.

ADAM.

Ainsi, Justice, commence ton cours ! Plaignante, approchez !

DAME MARTHE.

Voici, monsieur le juge…

ADAM.

Qui êtes-vous ?

DAME MARTHE.

Qui ?

ADAM.

Vous, oui.

DAME MARTHE.

Qui je ?…

ADAM.

Qui vous êtes : votre nom, votre état, votre domicile, etc.

DAME MARTHE.

Je crois que vous voulez plaisanter, monsieur le juge.

ADAM.

Plaisanter ? Quoi ! Je siège au nom de la justice, dame Marthe, et la justice doit savoir qui vous êtes.

LUMIÈRE, *À MI-VOIX*.

Laissez donc ces questions oiseuses.

DAME MARTHE.

Vous mettez chaque dimanche le nez à mes fenêtres, lorsque vous vous rendez à la métairie.

WALTER.

Connaissez-vous la personne ?

ADAM.

Elle demeure ici tout près, Votre Grâce, au premier tournant lorsqu'on suit le sentier entre les haies. Veuve d'un gardien du château, et maintenant sage-femme ; d'ailleurs une personne honnête et de bon renom.

Scène VII

WALTER.

Si vous êtes si bien renseigné, monsieur le juge, de telles questions sont superflues. Inscrivez le nom au procès-verbal, et mettez à côté : bien connue du tribunal.

ADAM.

Bon ! Vous n'êtes pas pour les formalités. *(À Lumière).* Faites ce que monsieur le conseiller commande.

WALTER.

Demandez maintenant l'objet de la plainte.

ADAM.

Je dois maintenant…

WALTER.

Oui, rechercher l'objet.

ADAM.

C'est également une cruche, excusez !

WALTER.

Comment également ?

ADAM.

Une cruche, une simple cruche. Écrivez : une cruche, et mettez à côté : bien connue du tribunal.

LUMIÈRE.

Sur une supposition de ma part, vous allez, monsieur le juge…

ADAM.

Quand je vous le dis ! Écrivez-le donc. N'est-ce pas une cruche, dame Marthe ?

DAME MARTHE.

Oui, cette cruche ici.

ADAM.

Vous voyez bien.

DAME MARTHE.

Cassée…

ADAM, À *LUMIÈRE*.

Observations oiseuses !

LUMIÈRE.

Je vous prie.

ADAM.

Et qui a cassé la cruche ? Ce vaurien-là, sûrement ?

DAME MARTHE.

Oui, ce vaurien !

ADAM, À PART.

Cela me suffit.

RUPRECHT.

C'est faux, monsieur le juge.

ADAM, À PART.

Attention maintenant, vieil Adam !

RUPRECHT.

Elle en a menti, par la gorge !

ADAM.

Tais-toi, effronté ! Tu te fourreras encore assez vite le cou dans le carcan. Écrivez une cruche, monsieur le greffier, comme j'ai dit, et aussi
le nom de celui qui l'a cassée. Maintenant l'affaire sera de suite réglée.

WALTER.

Eh ! monsieur le juge, quelle façon violente de procéder.

ADAM.

Comment ?

WALTER.

Ne voulez-vous pas, selon les formes…

Scène VII

ADAM.

Non point. Votre Grâce n'aime pas les formalités.

WALTER.

Si vous ne savez pas diriger l'instruction d'un procès, monsieur le juge, ce n'est pas le lieu de vous l'apprendre. Si vous ne savez pas rendre la justice d'autre manière, retirez-vous ; peut-être votre greffier le saura-t-il.

ADAM.

Permettez ! je l'ai rendue comme il est en usage à Huisum ; c'est ce que Votre Grâce m'avait ordonné.

WALTER.

J'aurais…

ADAM.

Sur mon honneur.

WALTER.

Je vous ai ordonné de rendre la justice selon les lois ; et je croyais les lois les mêmes ici à Huisum que dans le reste des Provinces-Unies.

ADAM.

Je vous demande humblement pardon ! Nous avons ici, avec votre permission, des règlements qui appartiennent en propre à Huisum ; rien d'écrit, je dois l'avouer, mais néanmoins transmis par des traditions incontestées. C'est de ce règlement que je puis vous assurer ne pas m'être écarté d'un iota aujourd'hui.
Pourtant je suis tout aussi familiarisé avec votre autre procédure, telle qu'elle se pratique dans le reste du royaume. En voulez-vous la preuve ? Ordonnez ! je puis rendre justice tantôt comme ceci, tantôt comme cela.

WALTER.

Vous me donnez une fâcheuse opinion, monsieur le juge. Eh bien, soit ! Recommencez l'affaire par le commencement.

ADAM.

Fort bien. Faites attention. Vous serez satisfait. — Dame Marthe Rull, faites votre déposition.

DAME MARTHE.

Je porte plainte, vous le savez, à propos de cette cruche. Mais permettez cependant, avant que je vous informe de ce qui lui est arrivé, que je vous dépeigne ce qu'elle était pour moi auparavant.

ADAM.

Vous avez la parole.

DAME MARTHE.

Voyez-vous la cruche, mes respectables messieurs, la voyez-vous ?

ADAM.

Eh ! oui, nous la voyons.

DAME MARTHE.

Vous ne voyez rien du tout, avec votre permission ! Ce sont des débris que vous voyez ! La plus belle des cruches a été brisée. Ici, à l'endroit où vous voyez ce trou — par conséquent plus rien — il y avait la donation des Provinces-Unies à Philippe d'Espagne. Ici, en grand apparat, se tenait l'empereur Charles-Quint, dont il ne reste plus que les jambes. Ici, Philippe s'agenouillait pour recevoir la couronne. Il gît dans le pot jusqu'au derrière, c'est là qu'il a reçu le coup. Ici, ses deux cousines émues, la reine de France et celle de Hongrie, essuyaient leurs larmes. Lorsqu'on voit encore l'une porter son mouchoir à ses yeux, il semble que ce soit sur elle-même qu'elle pleure. Ici, parmi la suite, Philibert, que l'empereur jadis couvrit de son corps, s'appuyait sur son épée ; mais maintenant le voici à bas, aussi bien que Maximilien. La canaille ! Quant aux épées, elles ont volé en éclats. Ici, au milieu, on voyait l'archevêque d'Arras avec la Sainte Mitre ; celui-là, le diable l'a emporté tout entier ; son ombre seule s'étend encore de toute sa longueur sur le pavé. Là, au fond, des gardes du corps formaient cercle, tenant en rangs serrés les hallebardes et les piques. Là, voyez-vous, étaient les maisons de la grand'place du Marché, à Bruxelles ; un curieux regarde encore par l'une des fenêtres : pourtant je ne sais vraiment pas ce qu'il peut bien voir à présent.

ADAM.

Dame Marthe, faites-nous grâce du pacte et de ses malheurs, s'il n'a rien à voir à l'affaire. C'est le trou qui nous regarde et non les provinces dont la donation y figurait.

DAME MARTHE.

Pardon ! La beauté de la cruche a aussi son importance. Ce fut Childéric, le chaudronnier, qui conquit la cruche lorsque d'Orange envahit Briel avec les gueux de mer. Un Espagnol, l'ayant remplie de vin, la portait justement à sa bouche, lorsque Childéric, par derrière, abattit l'Espagnol, saisit la cruche, la vida et s'en fut.

ADAM.

Un digne gueux de mer !

DAME MARTHE.

Puis la cruche échut par héritage à Furchtegott, le fossoyeur. Celui-ci n'y but que trois fois, cet homme sobre, et encore du vin mélangé d'eau ! La première fois, ce fut lorsqu'à soixante ans, il prit une jeune femme ; la seconde, trois ans plus tard, lorsqu'elle le rendit heureusement père ; puis comme elle lui donna encore quinze enfants, il but pour la troisième et dernière fois lorsqu'elle mourut.

ADAM.

Pas mal non plus.

DAME MARTHE.

Ensuite la cruche tomba entre les mains de Zachée, tailleur à Tirlemont, qui de sa propre bouche raconta à feu mon mari ce que je veux maintenant vous exposer. Lorsque les Français pillèrent la ville, Zachée jeta cette cruche avec tout le mobilier par la fenêtre, sauta lui-même, et se cassa le cou, le maladroit, tandis que cette cruche de terre, cette cruche d'argile tomba sur pied et demeura entière.

ADAM.

Au fait, je vous prie, dame Marthe Rull, au fait !

DAME MARTHE.

Ensuite, au moment du grand incendie de soixante-six, mon mari (Dieu ait son âme) la possédait déjà…

ADAM.

Par tous les diables, femme, n'avez-vous pas encore fini ?

DAME MARTHE.

Si je ne dois pas parler, monsieur le juge, je n'ai rien à faire ici ; je n'ai qu'à m'en aller et à chercher ailleurs une justice où l'on m'écoute.

WALTER.

Vous pouvez parler, dame Marthe ; toutefois laissez les choses étrangères à votre plainte. Si vous nous dites que cette cruche vous était précieuse, nous en savons assez pour juger.

DAME MARTHE.

Ce qui est nécessaire pour juger, je n'en sais rien et ne cherche pas à le savoir. Mais ce que je sais, c'est que pour ma plainte, il faut que je puisse dire ce que j'ai à dire.

WALTER.

Bon, bon ! Finissons-en. Qu'est-il arrivé à la cruche ? Quoi ? Qu'est-il arrivé à la cruche pendant l'incendie de l'année soixante-six ? Le saurons-nous ? Eh bien, qu'est-il arrivé à la cruche ?

DAME MARTHE.

Ce qu'il lui est arrivé ? Mais rien, s'il vous plaît, messieurs, il ne lui est justement rien arrivé du tout en l'année soixante-six. La cruche est restée entière au milieu des flammes, et le lendemain matin, je l'ai retirée des cendres de la maison, brillante et vernissée comme si elle sortait du four du potier.

WALTER.

Fort bien. Maintenant nous connaissons la cruche ; nous savons tout ce qui lui est arrivé et ne lui est pas arrivé. Qu'avez-vous encore à dire à présent ?

DAME MARTHE.

Eh bien ! voyez-vous cette cruche, maintenant, cette cruche qui, fracassée, vaut encore n'importe quelle autre cruche, cette cruche qui n'était pas indigne de la bouche d'une noble demoiselle, des lèvres mêmes de la princesse héritière, cette cruche, mes deux puissants juges… c'est ce gredin-là qui me l'a cassée.

ADAM.

Qui ?

DAME MARTHE.

Lui, Ruprecht !

RUPRECHT.

C'est un mensonge, monsieur le juge.

ADAM.

Vous, taisez-vous jusqu'à ce qu'on vous interroge. Votre tour viendra encore aujourd'hui. *(À Lumière)*. Avez-vous consigné au procès-verbal ?

LUMIÈRE.

Oh oui !

ADAM.

Racontez-nous comment la chose s'est passée, respectable dame Marthe.

DAME MARTHE.

Il était onze heures, hier.

ADAM.

Quelle heure dites-vous ?

DAME MARTHE.

Onze heures.

ADAM.

Du matin ?

DAME MARTHE.

Non, excusez ! du soir. Et j'étais déjà au lit et voulais éteindre ma lampe lorsque je fus épouvantée par des voix d'hommes, un bruit de dispute, venant de la chambre écartée de ma fille, comme si l'ennemi l'avait envahie. Je descends l'escalier quatre à quatre et trouve la porte de sa chambre défoncée ; des injures furieuses m'arrivent, et tandis que j'éclaire la scène, qu'est-ce que je trouve, monsieur le juge, oui, qu'est-ce que je trouve ? Je trouve ma cruche en morceaux dans la chambre — un débris dans chaque coin — la petite qui se tord les mains, et lui, ce garnement-là, planté devant moi, et comme enragé.

ADAM.

Ah tonnerre !

DAME MARTHE.

Quoi ?

ADAM.

En vérité, dame Marthe ?

DAME MARTHE.

Parfaitement. Puis, comme si, dans ma trop juste colère, il me poussait dix bras, je me sentis griffes et bec comme un vautour et j'intimai à ce drôle-là de me dire ce qu'il avait à faire ici à pareille heure, à me casser dans sa fureur les cruches de la maison ; et savez-vous ce qu'il me répond, devinez un peu ? l'effronté, le gredin que je veux voir sur la roue, ou ne plus jamais reposer tranquillement ! Il dit que c'est un autre qui a cassé la cruche… un autre, je vous le demande un peu, qui s'esquivait de la chambre, quand il est arrivé ; et là-dessus, il accable la petite d'injures.

ADAM.

Mauvaises raisons. Et puis ?

DAME MARTHE.

À ces mots, je jette à ma fille un regard interrogateur ; elle est là, pâle comme une morte. « Ève, dis-je ? » Elle s'assied. « Est-ce que c'est un autre ? » demandai-je encore. Elle invoque Joseph et Marie : « Comment pouvez-vous penser une chose pareille, ma mère ! — Alors, parle, qui est-ce ? — Qui d'autre, dit-elle, qui d'autre cela pourrait-il être ? » Et me jure que c'est lui…

ÈVE.

Juré ? Que vous ai-je juré ? Rien ; non, je n'ai rien juré !

DAME MARTHE.

Ève !

ÈVE.

Non, en ceci vous mentez.

RUPRECHT.

Entendez-vous ?

ADAM.

Tais-toi, maudit chien ! Faudra-t-il encore te fermer la gueule avec le poing ? Plus tard ce sera ton tour, maintenant pas.

DAME MARTHE.

Tu ne m'as pas ?…

ÈVE.

Non, mère ! Vous altérez la vérité. Voyez, cela me peine profondément, mais il faut que je déclare publiquement que je n'ai rien juré, rien, rien, rien juré.

ADAM.

Soyez donc raisonnables, mes enfants.

LUMIÈRE.

C'est vraiment étrange…

DAME MARTHE.

Comment, tu ne m'as pas juré, tu n'as pas invoqué le nom de Marie et de Joseph ?

EVE.

Non, sous la foi du serment ! Non ! Voyez, je jure à présent et je prends Marie et Joseph à témoin.

ADAM.

Eh ! mes bonnes gens, eh ! dame Marthe, que faites-vous aussi ? Vous intimidez trop la pauvre petite ? Quand la fillette aura réfléchi, elle se rappellera tranquillement ce qui s'est passé. — Je dis : ce qui s'est passé — et ce qui se peut encore se passer si elle ne parle pas comme il faudrait : elle nous dira alors aujourd'hui la même chose qu'hier, qu'elle puisse le confirmer par serment ou non. Laissez Marie et Joseph hors de cause.

WALTER.

Mais non, monsieur le juge, mais non ! comment pouvez-vous donner aux parties des conseils aussi équivoques !

DAME MARTHE.

Si elle ose me dire en face, l'éhontée, l'impudente créature, que c'est un autre que Ruprecht, qu'elle aille se faire… je ne veux pas dire quoi. Mais moi, je vous assure, monsieur le juge, et si je ne puis pas affirmer qu'elle l'a juré, je puis jurer qu'elle l'a affirmé, et j'invoque Marie et Joseph.

ADAM.

Maintenant, la jeune fille ne voudra sûrement pas…

WALTER.

Monsieur le juge !

ADAM.

Plaît-il ? Que dites-vous ? — N'est-ce pas, mon petit cœur ?

DAME MARTHE.

Allons ! parle ! Ne me l'as-tu pas dit ; ne me l'as-tu pas dit hier, dit à moi ?

ÈVE.

Qui dément que je l'aie dit ?

ADAM.

Là ! voyez-vous !

RUPRECHT.

La vaurienne !

ADAM.

Écrivez.

VEIT, *À ÈVE.*

Fi ! n'avez-vous pas honte ?

WALTER.

Je ne sais pas ce que je dois penser de votre instruction, monsieur le juge. Vous auriez vous-même cassé la cruche, que vous ne pourriez pas, avec plus de zèle, porter le soupçon sur la tête de ce garçon, pour le détourner de la vôtre. — Vous ne retiendrez pas autre chose dans le procès-verbal, monsieur le greffier, que l'aveu de la jeune fille concernant les paroles d'hier, rien du fait. Est-ce déjà à la jeune fille de déposer ?

Scène VII

ADAM.

Sur mon âme ! si ce n'est pas encore son tour, c'est qu'en de telles choses, l'homme est faillible. Que Votre Grâce m'excuse. Qui aurais-je dû questionner d'abord ? L'inculpé ? Sur l'honneur, j'accepte les conseils.

WALTER.

Quelle bonne volonté ! Oui, interrogez l'inculpé ! Interrogez, finissez-en ; interrogez, je vous prie, c'est bien la dernière affaire que vous instruisez.

ADAM.

La dernière ? comment ? eh ! bien sûr, l'inculpé… Aussi à quoi pensais-tu, vieux juge ? Damnée soit la pintade à pépie ! Que n'a-t-elle crevé de la peste aux Indes, car cette pâtée de nouilles me reste sur l'esprit.

WALTER.

Qu'est-ce qui vous reste ? Quelle pâtée ?

ADAM.

La pâtée de nouilles que je dois donner à la pintade, avec votre permission. Si la charogne n'avale pas la pilule, je ne sais pas sur mon âme ce qui en adviendra !

WALTER.

Occupez-vous de l'affaire, par tous les diables !

ADAM.

Inculpé, approchez.

RUPRECHT.

Voici, monsieur le juge : Ruprecht, fils du fermier Veit, de Huisum.

ADAM.

Avez-vous entendu ce que dame Marthe a déposé en justice contre vous ?

RUPRECHT.

Oui, monsieur le juge.

ADAM.

Vous permettriez-vous d'y opposer quelque chose ? Quoi ? En conve-nez-vous, ou oseriez-vous venir ici nier comme un impie ?

RUPRECHT.

Ce que j'ai à y opposer, monsieur le juge ? Eh ! avec votre permission, que dans tout cela il n'y a pas un mot de vrai !

ADAM.

Ah ! Et vous pensez pouvoir le prouver ?

RUPRECHT.

Certes !

ADAM.

La respectable dame Marthe qui… Tranquillisez-vous, dame Marthe. Nous verrons bien.

WALTER.

En quoi dame Marthe vous regarde-t-elle, monsieur le juge ?

ADAM.

En quoi ?… Par le ciel, ne dois-je pas en tant que chrétien…

WALTER, *À RUPRECHT.*

Exposez ce que vous avez à dire. *(À Lumière).* Monsieur le greffier, savez-vous conduire un procès ?

ADAM.

Quoi ?

LUMIÈRE.

Si je ? Mon Dieu, si Votre Grâce…

ADAM.

Eh bien, avez-vous fini d'écarquiller les yeux comme ça ? Qu'avez-vous à dire ? Voyez un peu si cet âne-là n'a pas l'air abruti comme un bœuf ! Qu'avez-vous à dire ?

RUPRECHT.

Ce que j'ai à dire ?

WALTER.

Oui, racontez le fait à votre tour.

RUPRECHT.

Si seulement on me laissait parler !

WALTER.

C'est intolérable en effet, monsieur le juge.

RUPRECHT.

Il était environ dix heures hier soir, un soir de janvier chaud comme si c'eût été en mai, lorsque j'ai dit au père : « Père, je veux encore aller un moment chez Ève » ; car il faut que vous le sachiez, je voulais l'épouser. C'est une alerte fille, je l'ai vue aux récoltes ; l'ouvrage semblait lui sortir des mains, et le foin s'enlevait comme par enchantement. Alors je lui ai demandé : « Veux-tu ? — Et elle de me répondre : Ah ! qu'est-ce que tu caquettes là » ? Mais après, elle a dit oui !

ADAM.

Restez à votre affaire ! Caqueter ! quoi ! J'ai dit veux-tu ? elle a dit oui !

RUPRECHT.

Oui, sur mon honneur, monsieur le juge.

WALTER.

Ensuite. Ensuite ?

RUPRECHT.

Bien, bien. Je dis donc au père : « Entendez-vous ? Vous permettez ? Nous causerons seulement un instant à la fenêtre. — Bien, dit-il, cours-y. Resteras-tu bien dehors ? — Oui, sur mon âme, que je lui dis, c'est juré. — Bien, dit-il, cours et sois rentré à onze heures ».

ADAM.

Bien, dis-tu, et tu caquettes, et tu n'en finis pas. Bien, bien ! as-tu bientôt dit ce que tu avais à dire ?

RUPRECHT.

« Bien, dis-je, c'est entendu ! » Et je mets mon bonnet et m'en vais. Je voulais passer par le petit sentier, mais j'ai dû m'en retourner par le village, car le ruisseau avait grossi. Tonnerre, pensai-je, quelle guigne, mon Ruprecht. La porte du jardin sera fermée chez dame Marthe, car la petite ne la laisse ouverte que jusqu'à dix heures : si je ne suis pas là à dix heures, c'est que je ne viens pas.

ADAM.

La belle conduite !

WALTER.

Après ?

RUPRECHT.

Après ? Tandis que je m'approchais de la maison de dame Marthe par l'allée de tilleuls où les arbres forment une voûte si épaisse qu'il y fait sombre comme dans la cathédrale d'Utrecht, j'entends de loin grincer la porte du jardin. Eh ! me dis-je, Ève est encore là ! Et j'envoie joyeusement mes regards du côté dont mes oreilles m'apportaient des nouvelles. Et comme ils me revenaient sans avoir rien vu : aveugles, pensai-je, retournez sur-le-champ ! — Mais quoi, n'étaient-ils pas de vils calomniateurs, d'infâmes délateurs, ils me montraient… Je regardai encore une fois. Mais non, mes yeux ne m'avaient pas trompé : c'était bien Ève, je la reconnaissais à son corsage, et un autre homme était là avec elle !

ADAM.

Bah ! un autre homme ! Et qui donc, monsieur le beau parleur ?

RUPRECHT.

Qui ? Sur mon âme, vous me demandez là…

ADAM.

Alors ! Qui n'est pas pris, n'est pas pendu, je pense.

WALTER.

Continuez, avancez dans la déposition. Laissez-le donc, pourquoi l'interrompez-vous, monsieur le juge ?

RUPRECHT.

Je ne pourrais pas en jurer sur l'hostie ; par une nuit si noire tous les chats semblent gris. Pourtant je dois vous dire que le savetier Lebrecht, que l'on a récemment libéré, tournait depuis longtemps autour de la fille. Je disais déjà l'automne dernier : « Écoute, Ève, le gredin rôde autour de la maison, cela ne me plaît pas. Dis-lui que tu n'es pas un morceau pour lui, sans quoi, sur mon âme, je lui ferai la conduite à coups de bâton ». Elle me répond : « Je crois que tu me cherches noise ». Pourtant elle lui a dit quelque chose, mais je ne sais pas quoi, ce n'était ni chair ni poisson. Là-dessus j'ai flanqué Lebrecht dehors.

ADAM.

Ah ! c'est Lebrecht, le drôle ?

RUPRECHT.

Oui, Lebrecht.

ADAM.

Bien. Ça c'est un nom. Tout va s'éclaircir. L'avez-vous consigné, monsieur le greffier ?

LUMIÈRE.

Oh oui ! et tout le reste, monsieur le juge.

ADAM.

Continue maintenant, Ruprecht, mon fils.

RUPRECHT.

Ce fut pour moi un trait de lumière de rencontrer le couple à onze heures, moi qui m'en allais toujours à dix ! Et je me dis : Halte-là ! il est temps, heureusement, Ruprecht ! Il ne te pousse pas encore un bois de cerf, mais tu feras bien de te tâter soigneusement le front pour voir s'il ne s'y préparait pas quelque chose de cornu. — Et je me faufile doucement par la porte du jardin, je me cache dans un fourré d'ifs, et j'entends qu'on chuchote, qu'on plaisante, qu'on se tire par-ci, monsieur le juge, qu'on se tire par-là. Sur mon âme, j'ai cru que j'allais…

ÈVE

Ah ! scélérat ! c'est honteux de ta part.

DAME MARTHE.

Attends, mauvais drôle, je te montrerai à qui tu as affaire quand nous serons seuls. Ah ! tu ne sais pas encore si j'ai bec et ongles, eh bien, tu l'apprendras !

RUPRECHT.

Cela dura de la sorte un petit quart d'heure environ. Que va-t-il arriver, pensais-je ? Ce n'est pourtant pas la noce aujourd'hui. Et je n'avais pas fini de penser cela, que pstt, les voilà tous deux dans la maison, avant que le pasteur y ait passé.

ÈVE

Partons, mère, qu'il en advienne ce qu'il pourra.

ADAM.

Toi, tais-toi, je te le conseille, ou que la foudre tombe sur toi, bavarde intempestive ! Attends que je te questionne pour parler.

WALTER.

C'est vraiment étrange, par Dieu !

RUPRECHT.

Alors, monsieur le juge, ce fut en moi comme un coup de sang ! De l'air ! Le bouton de mon gilet saute : de l'air ! J'arrache le gilet : il me faut de l'air ! dis-je. Et je me précipite en jurant ; je veux pousser la porte et comme je la trouve verrouillée, je la fais sauter d'un coup de pied !

ADAM.

Sacré coquin !

RUPRECHT.

Et juste au moment où elle saute avec fracas, la cruche dégringole de son rebord dans la chambre, et hop ! quelqu'un saute par la fenêtre. Je vois encore flotter les pans de l'habit.

ADAM.

Etait-ce Lebrecht ?

RUPRECHT.

Qui d'autre, monsieur le juge ? La fille est là, je la bouscule et cours à la fenêtre, je trouve l'individu encore accroché aux piquets de l'espalier, là où la vigne monte jusqu'au toit, et comme le loquet m'était resté en main lorsque je forçai la porte, avec le fer je lui assénai un fameux coup sur le crâne, qui était tout juste encore à ma portée.

ADAM.

C'était un loquet ?

RUPRECHT.

Quoi ?

ADAM.

Si c'était…

RUPRECHT.

Oui, le loquet de la porte.

ADAM.

C'est pour cela…

LUMIÈRE.

Vous pensiez sans doute que c'était une épée ?

ADAM.

Une épée ? Comment ?

RUPRECHT.

Une épée !

LUMIÈRE.

Dame ! On peut se tromper. Un loquet a beaucoup d'analogie avec une épée.

ADAM.

Je crois…

LUMIÈRE.

Sur ma foi, le manche, monsieur le juge…

ADAM.

Le manche ?

RUPRECHT.

Le manche ! oui, mais ça ne l'était pas. C'était l'autre bout du loquet.

ADAM.

C'était l'autre bout du loquet ?

LUMIÈRE.

Ah ! Tiens !

RUPRECHT.

Pourtant sur la poignée il y avait une masse de plomb, comme à une poignée d'épée, il faut dire.

ADAM.

Oui, comme une poignée.

LUMIÈRE.

Bon ; comme une poignée d'épée. Toutefois ce devait être une arme perfide, je m'en doutais bien.

WALTER.

À l'affaire, voyons, messieurs, à l'affaire.

ADAM.

Ce ne sont que des digressions inutiles, monsieur le greffier. *(À Ruprecht)*. Vous, continuez.

RUPRECHT.

Sur quoi l'individu dégringole, et je veux déjà me retourner lorsque dans l'ombre je le vois se ramasser précipitamment. Je pense : « Quoi ! tu es encore en vie ! » et grimpe sur la fenêtre désirant lui faire passer l'envie de se sauver, lorsque tout à coup, au moment où je me préparais à sauter, une poignée de gros sable m'arrive dru comme grêle dans les yeux, et l'individu, la nuit, le monde, l'appui-fenêtre où je me tenais, tout disparaît comme dans un sac.

ADAM.

Ah ! par le diable ! Et qui avait fait cela ?

RUPRECHT.

Qui ? Lebrecht.

ADAM.

La canaille !

RUPRECHT.

Sur mon honneur, si c'est lui…

ADAM.

Quel autre que lui ?

RUPRECHT.

Comme si une avalanche m'avait fait culbuter d'une paroi de rocher haute de dix brasses, je retombe de la fenêtre dans la chambre avec une telle violence que j'ai cru défoncer le plancher. Enfin je ne me suis tout de même pas cassé le cou, ni l'échine, ni les côtes, ni autre chose ; mais en attendant je ne pouvais plus me rendre maître du gredin. Je m'assieds, je m'essuie les yeux. Ève arrive et s'écrie : « Ah Seigneur ! Ah mon Dieu ! Et : Ruprecht ! que t'arrive-t-il ! » Sur mon âme, j'ai levé le pied pour lui allonger un coup, heureusement que je n'ai pas vu où je le lançais.

ADAM.

Cela venait-il encore du sable ?

RUPRECHT.

Oui, parfaitement.

ADAM.

Ça, c'était tapé !

RUPRECHT.

Quand je reviens à moi, comme j'aurais cru me salir les mains en la frappant, je l'injurie, je la traite de fille perdue, et je pense qu'elle l'a bien mérité. Pourtant des larmes, voyez-vous, me coupent la parole, lorsque, dame Marthe entrant dans la chambre et levant sa lampe, je vois la petite tremblante à faire pitié, elle qui sans cela regardait autour d'elle avec tant de hardiesse. Aussi je me suis dit : Quel mal serait-ce d'être aveugle ? J'aurais donné mes yeux à qui aurait voulu pour jouer aux billes avec.

ÈVE.

Il ne vaut pas, le mauvais garnement…

ADAM.

Taisez-vous !

RUPRECHT.

Vous savez le reste.

ADAM.

Comment, le reste ?

RUPRECHT.

Eh oui ! Dame Marthe arrive en écumant de rage, le voisin Ralf arrive, et le voisin Hinz ; et la cousine Suzanne et la cousine Lise arrivent ; servante, valets, chiens et chats arrivent aussi, c'est un scandale ! Dame Marthe demande à la jeune fille qui a cassé la cruche, et elle, elle répond, vous le savez, que c'est moi. En fait, elle n'a pas tout à fait tort, messieurs. La cruche avec laquelle elle cherchait l'eau, c'est moi qui l'ai cassée, et le savetier a un trou dans la tête.

ADAM.

Dame Marthe, avez-vous quelque chose à répliquer à cette déposition ? Parlez.

DAME MARTHE.

Ce que j'ai à répliquer à cette déposition ? C'est que semblable à la martre voleuse, elle étrangle la vérité comme une poule qui glousse. Celui qui aime le droit devrait saisir une massue pour anéantir ce monstre de la nuit.

ADAM.

C'est ce dont il faudra nous faire la preuve.

DAME MARTHE.

Très volontiers. Voici mon témoin. *(À Ève).* Parle.

ADAM.

Votre fille ? Non, dame Marthe.

WALTER.

Non ? et pourquoi ?

ADAM.

Comme témoin, monsieur le conseiller ! N'est-il pas écrit dans le code, *titulo*, est-ce *quarto* ou *quinto ?* que quand des cruches ou autres choses, que sais-je, auront été cassées par de jeunes vauriens, les filles ne pourront être témoins des mères ?

WALTER.

Dans votre tête la science et l'erreur sont si intimement mêlées, qu'avec chaque phrase vous me servez indistinctement l'une et l'autre. La jeune fille ne témoigne pas encore ; elle fait seulement une déclaration. Si elle peut et veut témoigner, et pour qui, c'est ce que nous verrons par la suite.

ADAM.

Une déclaration, bon ! *Titulo sexto.* Pourtant on ne croira pas ce qu'elle dit.

WALTER.

Avance, mon enfant.

ADAM.

Hé Lise ! — Permettez ! Ma langue se dessèche. — Marguerite !

Scène VIII.
UNE SERVANTE, Les Précédents.

ADAM.

Un verre d'eau !

La Servante.

De suite.

ADAM, à Walter.

Puis-je également ?

WALTER.

Non merci.

ADAM.

Du vin de France ou de Moselle ? comme vous voudrez.
(Walter fait un geste de refus ; la servante apporte de l'eau et sort).

Scène IX.

WALTER, ADAM, DAME MARTHE, *etc., etc., moins la servante.*

ADAM.

Si je puis parler franchement, Votre Grâce, il me semble que la chose se prête à un accord.

WALTER.

À un accord ? Ce n'est pas très clair, monsieur le juge. Des gens raisonnables peuvent s'accorder. Pourtant je serais curieux d'entendre comment vous voudrez mener l'accord alors que l'affaire n'est nullement débrouillée. Comment vous y prendrez-vous, dites-moi ? Vous êtes-vous déjà fait une opinion ?

ADAM.

Mon Dieu, si je fais appel à la philosophie, puisque la loi me laisse en plan, c'était Lebrecht.

WALTER.

Qui ?

ADAM.

Ou Ruprecht.

WALTER.

Qui ?

ADAM.

Ou Lebrecht, qui a cassé la cruche.

WALTER.

Allons, lequel était-ce ? Lebrecht ou Ruprecht ? Vous tâtonnez avec votre jugement, comme une main dans un sac de pois.

ADAM.

Permettez !

WALTER.

Silence, silence je vous prie.

ADAM.

Comme vous voudrez. Et, sur mon honneur, quand ce serait les deux je n'y verrais rien à redire.

WALTER.

Interrogez la petite, vous l'apprendrez.

ADAM.

Très volontiers. Pourtant, je veux être un coquin si on en tire quelque chose. *(À Lumière).* Le procès-verbal est-il au point ?

LUMIÈRE.

Parfaitement.

ADAM.

Bien.

LUMIÈRE.

Et je me prépare une nouvelle feuille, curieux de voir ce qu'il viendra s'y inscrire.

ADAM.

Une nouvelle feuille ? Bien.

WALTER.

Parle, mon enfant.

ADAM.

Parle, petite Ève, tu entends, parle à présent, jeune Ève. Donne à Dieu, tu entends, mon petit cœur, donne-lui et donne au monde quelque chose de véridique. Songe que tu es ici devant le tribunal institué par Dieu et que tu ne dois pas affliger ton juge avec des dénégations, ou avec des bavardages qui ne touchent point à l'affaire. Mais quoi ! tu es raisonnable ! Tu sais qu'un juge est toujours un juge, que tel en a besoin aujourd'hui et tel autre demain. Si tu dis que c'était Lebrecht, c'est bon ; et si tu dis que c'était Ruprecht, c'est encore bon. Parle comme ci, parle comme ça, et je ne suis pas un honnête homme si tout ne s'arrange pas comme tu le désires. Mais si tu viens me jaser d'un autre, d'un troisième peut-être, et prononcer sottement des noms, alors prends garde, mon enfant, je n'en dis pas davantage. À Huisum, par le diable, personne ne te croira, et personne, ma petite

Ève, dans tous les Pays-Bas. Tu le sais, les murs blancs ne témoignent de rien, celui-là aussi saura se défendre et la fièvre emportera ton Ruprecht.

WALTER.

Si vous vouliez finir vos discours. Des bavardages qui n'ont ni queue ni tête.

ADAM.

Votre Grâce ne les comprend pas ?

WALTER.

Avancez, avancez. Vous n'avez que trop parlé sur ce siège.

ADAM.

Ma foi, monsieur le conseiller, je n'ai pas fait mes études, et si pour vous, messieurs d'Utrecht, je ne suis pas très clair, il en est autrement pour le peuple ici, et je parie que la jeune fille, elle, sait ce que je veux.

DAME MARTHE.

À quoi bon tout cela. Parle hardiment à présent.

ÈVE

Oh ! chère mère.

DAME MARTHE.

Toi, je te conseille !…

RUPRECHT.

En vérité, dame Marthe, il est difficile de parler hardiment quand la conscience vous serre la gorge.

ADAM.

Tais-toi donc, blanc-bec, et ne bouge pas.

DAME MARTHE.

Qui était-ce ?

ÈVE

Ô Jésus !

Scène IX.

DAME MARTHE.

L'imbécile, va ! le misérable. Ô Jésus ! comme si elle était une fille perdue ! Allons, était-ce le Seigneur Jésus ?

ADAM.

Voyons, dame Marthe ! Vous perdez la tête. Laissez donc la jeune fille tranquille. En voilà des mots pour terrifier l'enfant : fille perdue ! Buse que vous êtes, nous n'en tirerons rien ainsi. Elle va déjà se souvenir.

RUPRECHT.

Eh oui, se souvenir.

ADAM.

Te tairas-tu, butor !

RUPRECHT.

Le savetier lui reviendra déjà en mémoire !

ADAM.

Par Satan, appelez le garde. Hé, Hanfriede !

RUPRECHT.

Là ! là ! je vais me taire, monsieur le juge, laissez seulement. Elle arrivera bien, à donner mon nom.

DAME MARTHE.

Écoute, Ève ! Ne me fais pas de comédie ici. J'ai vécu quarante-neuf ans honorablement, tu entends, et je voudrais bien arriver à la cinquantaine. Mon jour de naissance est le trois février ; c'est aujourd'hui le premier. Allons ! sans phrases : qui était-ce ?

ADAM.

Bien, à mon avis, très bien, dame Marthe.

DAME MARTHE.

Lorsque son père mourut, il me dit : « Écoute, Marthe, trouve un brave garçon pour la petite ; mais si elle devient une misérable coureuse, il faudra que tu donnes une pièce au fossoyeur afin qu'il me replace sur le dos, car je crois, sur mon âme, que je me retournerai dans ma tombe ».

ADAM.

Hum ! ce n'est pas mal non plus.

DAME MARTHE.

Si tu veux maintenant, ma petite Ève, honorer ton père et ta mère selon le quatrième commandement, c'est bon, tu peux dire : J'ai fait entrer dans ma chambre le savetier, ou un autre, oui ! Mais ce n'était pas mon fiancé.

RUPRECHT.

Elle me fait pitié ! Laissez donc la cruche, je vous prie. Je veux la porter à Utrecht. Pour une cruche ! — Je voudrais que ce soit moi qui l'aie cassée !

ÈVE.

Tu es généreux vraiment ! fi, quelle honte ! Au lieu de dire : C'est moi qui l'ai cassée ! Oh fi, Ruprecht, n'as-tu pas honte de n'avoir pas plus confiance en moi ! Ne t'ai-je pas donné la main et dit : oui ! quand tu m'as demandé : « Ève, veux-tu de moi ? » — Penses-tu que tu ne vailles pas le savetier ? Et quand même tu m'aurais vue, par le trou de la serrure, boire à la cruche avec Lebrecht, tu aurais dû penser : Ève est honnête ; tout s'expliquera à son honneur ; si ce n'est pas dans cette vie, ce sera au delà, et le jour de la résurrection est aussi un jour.

RUPRECHT.

Par ma foi, c'est un peu trop long, ma petite Ève ; je ne crois volontiers qu'à ce que je puis toucher du doigt.

ÈVE.

À supposer que c'eût été Lebrecht. Sur la mort éternelle, je te l'aurais confié à toi seul ; mais pourquoi devant les voisins, les domestiques et les servantes ? — À supposer que j'aie des raisons de le cacher, pourquoi ne puis-je pas, dis, Ruprecht, pourquoi ne puis-je pas, forte de ta confiance, dire ici que c'était toi ? Pourquoi ne le devrais-je pas ? Oui, pourquoi ne le devrais-je pas ?

RUPRECHT.

Eh ! que diable, dis-le, je veux bien, si tu peux t'éviter le carcan.

ÈVE.

Oh le scélérat ! l'ingrat ! Tu vaux bien que je m'évite le carcan ! Tu

68

mérites que d'un mot je rétablisse mon honneur et t'envoie, toi, à ta perte.

WALTER.

Eh bien ? Et ce seul mot ? Ne nous le fais pas attendre. Ainsi, ce n'était pas Ruprecht ?

ÈVE.

Non, messieurs, puisque lui-même veut qu'il en soit ainsi. C'est seulement à cause de lui que je le taisais : ce n'est pas Ruprecht qui a cassé la cruche et quand il le nie vous pouvez le croire.

DAME MARTHE.

Ève ! Que dis-tu ! pas Ruprecht !

ÈVE.

Non, mère, non. Et quand je l'ai dit hier, c'était mensonge.

DAME MARTHE.

Je te casserai les os, à toi !

(Elle dépose la cruche).

ÈVE.

Faites ce que vous voudrez !

WALTER, *MENAÇANT.*

Dame Marthe !

ADAM.

Hé ! le garde ! Jetez-la dehors, la maudite guenon ! Pourquoi faut-il que ce soit justement Ruprecht. A-t-elle tenu la chandelle, quoi ? La jeune fille, je pense, doit bien le savoir, et je suis un gredin si ce n'est pas Lebrecht !

DAME MARTHE.

Était-ce Lebrecht, par hasard ? Était-ce Lebrecht ?

ADAM.

Parle, petite Ève ; n'était-ce pas Lebrecht, mon petit cœur !

Ève.

L'éhonté ! le misérable ! Comment pouvez-vous dire que c'était Lebrecht !

Walter.

Eh ! jeune fille. Que vous permettez-vous ? Est-ce là le respect que vous devez au juge ?

Ève.

Eh quoi ! Ce juge-là ! il serait bon à être lui-même devant la justice, comme un pauvre pêcheur. Lui qui sait le mieux qui c'était ! *(Se tournant vers le juge)*. N'avez-vous pas vous-même envoyé hier Lebrecht, avec le certificat, devant la commission de recrutement à Utrecht ? Comment osez-vous dire que c'était Lebrecht, quand vous savez bien qu'il était à Utrecht ?

Adam.

Et qui donc alors ? si, par le diable, ce n'était ni Lebrecht ni Ruprecht. — Que fais-tu ?

Ruprecht.

Ma foi, monsieur le juge, laissez-moi dire qu'en ceci la jeune fille pourrait bien ne pas mentir. J'ai moi-même rencontré Lebrecht lorsqu'il partait pour Utrecht, il était environ huit heures du matin ; et si on ne l'a pas chargé sur une carriole, le drôle, bancal comme il l'est, n'avait pas encore clopiné son chemin à dix heures du soir. Ça pourrait bien être un troisième.

Adam.

Quoi, bancal ! Imbécile ! Le gars va de meilleur train que plus d'un autre. Je veux avoir le corps tout d'une pièce si un chien de berger, de taille ordinaire, n'est pas obligé de se mettre au trot pour le suivre !

Walter, À Ève.

Racontez-nous comment la chose s'est passée.

Adam.

Excusez, Votre Grâce ! En ceci la jeune fille ne pourra que difficilement vous répondre !

Scène IX.

WALTER.

Difficilement me répondre ? Et pourquoi donc ?

ADAM.

Une enfant un peu faible, vous voyez, bonne mais un peu faible, une jeunesse comme ça, à peine confirmée ! ça se gêne encore quand ça voit une barbe de loin ! Ça se laisse faire dans l'ombre, mais quand vient le jour, ça nie tout devant le juge.

WALTER.

Vous êtes plein de mansuétude, monsieur le juge, et bien indulgent en tout ce qui concerne la jeune fille.

ADAM.

Pour dire la vérité, monsieur le conseiller, son père était un de mes bons amis, et si Votre Grâce veut être clémente aujourd'hui, nous ne ferons pas ici plus que notre devoir et nous laisserons aller la jeune fille.

WALTER.

J'éprouve un grand désir, monsieur le juge, de tirer cette affaire au clair. Sois franche, mon enfant ; dis-nous qui a cassé cette cruche. Tu n'es pas ici devant quelqu'un qui ne puisse te pardonner une faute.

ÈVE.

Monsieur le conseiller, épargnez-moi de vous raconter le fait. Ne pensez rien de mal de ce refus ; c'est un étrange hasard qui, par la volonté du ciel, me ferme la bouche. Si vous voulez, je pourrai jurer sur l'autel que Ruprecht n'a pas touché à cette cruche. Mais pour le reste, les événements d'hier me regardent moi seule. Ma mère ne peut rien exiger de plus à présent. On ne réclame pas toute une pièce tissée parce qu'un fil unique qui traverse la trame vous appartient. Je ne puis pas nommer ici celui qui a cassé la cruche, car il y a des secrets qui ne sont pas miens et qui n'ont d'ailleurs rien à voir avec la cruche. Tôt ou tard, je le confierai à ma mère, mais le tribunal n'est pas le lieu où elle est en droit de l'exiger.

ADAM.

En droit, non ! Sur mon âme ! La jeune fille sait ce qu'elle a à faire. Si elle veut prêter serment devant la justice, la plainte de sa mère tombe de ce fait. Il n'y a rien à objecter.

WALTER.

Que dites-vous de l'explication, dame Marthe ?

DAME MARTHE.

Si je n'y oppose pas à l'instant un argument écrasant, croyez, je vous prie, messieurs, que c'est seulement parce que la stupeur me paralyse la langue ! Il y a des exemples qu'un homme perdu, pour se réhabiliter aux yeux du monde, ait risqué un faux serment devant le tribunal ; mais qu'on puisse se parjurer sur l'autel pour s'attirer le pilori, certes le monde voit cela pour la première fois ! S'il était prouvé qu'un autre que Ruprecht se soit faufilé hier dans sa chambre, si cela était seulement possible, vous me comprenez bien, messieurs, je ne m'arrêterais pas plus longtemps ici. Je lui mettrais, pour commencer, une chaise devant la porte et je lui dirais : Tiens, mon enfant ; là tu ne payeras pas de loyer. Le monde est grand, et comme héritage tu as de longs cheveux avec lesquels — à nouveaux faits, nouveaux conseils — tu pourras te pendre !

WALTER.

Du calme, dame Marthe, du calme !

DAME MARTHE.

Comme je puis heureusement faire la preuve autrement que par elle, qui me refuse ce service, et comme je suis absolument convaincue que c'est bien Ruprecht et nul autre qui m'a cassé ma cruche, cet entêtement à tout nier me conduit encore à un grave soupçon. La nuit d'hier cachait un autre crime peut-être que le bris de ma cruche ! Il faut vous dire, messieurs, que Ruprecht appartient à la conscription, qu'il doit, dans peu de jours, s'enrôler sous les drapeaux à Utrecht. Beaucoup de jeunes paysans prennent la fuite. À supposer qu'il ait dit hier : « Qu'en penses-tu, Ève ? Viens ! Le monde est grand. N'as-tu pas la clé des armoires et des coffres », et qu'elle se soit un peu défendue, — qui sait par hasard, puisque je les ai dérangés, si tout ceci n'arrive pas parce qu'il agit par vengeance, et elle encore par amour.

RUPRECHT.

La carogne ! Quels discours. Les armoires, les coffres !

WALTER.

Silence.

Scène IX.

ÈVE.

Lui, déserter !

WALTER.

À l'affaire ! Il est question de la cruche ici. La preuve, la preuve que c'est Ruprecht qui l'a cassée.

DAME MARTHE.

Bien, monsieur. Je veux d'abord prouver ici que Ruprecht m'a cassé la cruche, et puis je passerai la maison en revue. Voyez, je produirai, pour chaque mot qu'il a dit, une bouche qui témoignera en ma faveur, et je l'aurais déjà amenée si je m'étais seulement doutée que celle-là *(Désignant Ève)* ne voudrait pas se servir de sa langue pour moi. Pourtant, si vous voulez appeler dame Brigitte qui est la tante de Ruprecht, cela me suffira, car elle pourra justement établir le point principal. Elle a vu, à dix heures et demie, avant que la cruche fût cassée, remarquez bien, Ruprecht dans le jardin en conversation avec Ève. Et comme la fable qu'il nous avait sortie se trouve démolie de la tête aux pieds par ce seul témoignage, je vous laisse à juger du reste.

RUPRECHT.

Qui m'a vu ?

VEIT.

Ma sœur Brigitte ?

RUPRECHT.

Moi dans le jardin ? Avec Ève ?

DAME MARTHE.

Oui, lui, dans le jardin avec Ève, à dix heures et demie, bien avant qu'il n'ait, comme il le chantait, fait irruption à onze heures dans la chambre en cassant tout. Vu en conversation avec Ève, tantôt la caressant, tantôt essayant de l'entraîner, comme pour la décider à quelque chose.

ADAM, *À PART.*

Sacré nom !… j'ai le diable pour moi !

WALTER.

Faites venir cette femme.

RUPRECHT.

Je vous en prie, messieurs, il n'y a pas un mot de vrai, c'est impossible !

ADAM.

Attends, vaurien ! Hé le garde ! Hanfriede ! Car c'est en fuyant qu'on casse les cruches. Allez, monsieur le greffier, et faites venir dame Brigitte.

VEIT.

Ah ! damné polisson, que fais-tu ? Je te casserai encore les os !

RUPRECHT.

Et pourquoi ?

VEIT.

Pourquoi cachais-tu que tu courtisais la petite au jardin à dix heures et demie déjà. Eh ? Pourquoi le cachais-tu ?

RUPRECHT.

Pourquoi je le cachais ? Mais, tonnerre de Dieu, parce que ce n'est pas vrai, père ! Si la tante Brigitte certifie cela, pendez-moi ! Et elle avec, par les jambes !

VEIT.

Si elle le certifie, prends garde à toi ! Quelle que soit la façon dont vous vous comportez devant la justice, la belle demoiselle et toi, vous vous entendez comme larrons en foire, et il y a là-dessous un secret honteux qu'elle connaît et dont elle ne dit rien par ménagement pour toi.

RUPRECHT.

Un secret ? Et lequel ?

VEIT.

Pourquoi as-tu emballé ? Pourquoi as-tu emballé hier au soir.

RUPRECHT.

Mes affaires ?

VEIT.

Oui, des habits, des pantalons, et du linge. Un baluchon, tout juste comme les voyageurs en portent sur le dos.

RUPRECHT.

Mais parce que je dois aller à Utrecht ! Parce que je dois aller au régiment ! Tonnerre de Dieu, croyez-vous que je…

VEIT.

À Utrecht ! oui à Utrecht. Tu as bien hâte d'arriver à Utrecht ! Avanthier tu ne savais pas encore si tu partirais le cinq ou le six.

WALTER.

Pouvez-vous dire quelque chose sur l'affaire, vous, le père ?

VEIT.

Je ne puis encore rien affirmer, très honoré monsieur. J'étais à la maison lorsque la cruche fut cassée, et je n'avais, à vrai dire et toutes choses considérées, nul soupçon d'un projet qui rendrait mon fils suspect. Je suis venu ici convaincu de son innocence, et décidé, une fois le différend réglé, à rompre le mariage projeté et à réclamer la chaînette d'argent et la médaille qu'il avait offertes à la jeune fille l'automne dernier, quand ils se sont fiancés. Si maintenant il arrive devant mes cheveux blancs une histoire de fuite et de trahison, c'est aussi nouveau pour moi que pour vous, messieurs ; mais si c'est vrai, que le diable lui rompe le cou !

WALTER.

Faites venir dame Brigitte, monsieur le juge.

ADAM.

Cette affaire ne va-t-elle pas trop fatiguer Votre Grâce ? Elle se traîne en longueur. Votre Grâce a encore à s'occuper de mes caisses et du greffe. Quelle heure est-il ?

LUMIÈRE.

La demie vient de sonner.

ADAM.

La demie d'onze heures ?

Lumière.

Pardon, de midi.

Walter.

C'est égal.

Adam.

Je crois qu'il est l'heure, à moins que votre montre soit dérangée. *(Il regarde sa montre)*. Je ne suis pas un honnête homme si… Qu'ordonnez-vous ?

Walter.

Je suis d'avis…

Adam.

De s'arrêter ? bon !

Walter.

Pardon ! de continuer !

Adam.

Vous êtes d'avis ? Bien également ! Sans cela, sur mon honneur, j'aurais terminé l'affaire à votre satisfaction demain matin dès neuf heures.

Walter.

Vous connaissez ma volonté.

Adam.

À vos ordres. Monsieur le greffier, envoyez les gardes afin qu'ils invitent dame Brigitte à comparaître de suite devant le tribunal.

Walter.

Et, afin d'économiser le temps qui m'est précieux, occupez-vous vous-même un peu de l'affaire.

(Lumière sort).

Scène X.

Les Précédents, *moins maître Lumière, puis* LES SERVANTES.

ADAM, *SE LEVANT.*

On pourrait en attendant , si cela vous convient, prendre un peu l'air.

WALTER.

Hum ! oui ! Ce que je voulais dire…

ADAM.

Vous permettez également que les parties, jusqu'à l'arrivée de dame Brigitte…

WALTER.

Les parties ?

ADAM.

Devant la porte, si vous…

WALTER, *À PART.*

Sacré coquin ! *(Haut).* Savez-vous quoi, monsieur le juge Adam, offrez-moi un verre de vin en attendant.

ADAM.

De tout cœur ! Hé Marguerite ! J'en suis tout à fait heureux ! Marguerite !

(La servante entre).

LA SERVANTE.

Me voici !

ADAM.

Que désirez-vous ? *(Aux plaideurs.)* Sortez vous autres. Du vin de France ? — Dans le vestibule, là dehors — ou du vin du Rhin ?

WALTER.

Du vin de notre Rhin !

ADAM.

Bon ! — Jusqu'à ce que j'appelle. Allez !

WALTER.

Où ?

ADAM.

Va, Marguerite ! du cacheté. — Où ? seulement dans l'entrée. — Voici la clé.

WALTER.

Hum ! restez !

ADAM.

Allez, dis-je ! — Va, Marguerite ! Et du beurre frais, du fromage de Limbourg, et de l'oie fumée de Poméranie.

WALTER.

Halte ! un instant ! Ne faites pas tant de frais je vous prie, monsieur le juge.

ADAM.

Allons, détalez ! Faites ce que je vous dis !

WALTER.

Vous renvoyez ces gens, monsieur le juge.

ADAM.

Votre Grâce…

WALTER.

Je demande si…

ADAM.

Ils sortent, avec votre permission. Seulement jusqu'à ce que dame Brigitte soit là. Ou bien ne faut-il pas ?

WALTER.

Comme vous voulez. Mais est-ce la peine ? Pensez-vous qu'il faille longtemps pour la trouver ?

ADAM.

C'est aujourd'hui qu'on fait le bois ; la plupart des femmes sont dans la forêt à ramasser des fagots et il se pourrait bien…

RUPRECHT.

La tante est à la maison.

WALTER.

À la maison ? Tant mieux !

RUPRECHT.

Elle viendra de suite.

WALTER.

Nous allons la voir de suite. Faites venir le vin.

ADAM, *À PART.*

Quelle guigne !

WALTER.

Mais je ne mangerai rien d'autre qu'un morceau de pain sec avec du sel.

ADAM, *À PART.*

Pourvu que j'aie deux secondes pour parler à la fille. *(À voix haute).* Quoi, du pain sec, du sel ! Vous n'y pensez pas !

WALTER.

Mais si !

ADAM.

Prenez au moins un petit morceau de Limbourg. Le fromage prépare le palais à mieux goûter le vin.

WALTER.

Bon ! Un morceau de fromage alors, mais rien de plus.

ADAM, *À LA SERVANTE.*

Va ! et, tu sais, une nappe damassée. *(À Walter).* Simple, mais suffisant pourtant. *(La servante sort).* C'est notre avantage à nous, célibataires tant décriés, de pouvoir à l'occasion goûter largement ce que les autres, toujours soucieux, sont obligés chaque jour de partager chichement avec femmes et enfants.

WALTER.

Que voulais-je dire ? Comment donc avez-vous attrapé votre blessure, monsieur le juge ? C'est en vérité un vilain trou que vous avez là, dans la tête.

ADAM.

Je suis tombé.

WALTER.

Vous êtes tombé ! Ah ! Quand ? hier au soir ?

ADAM.

Aujourd'hui ; excusez, ce matin, à cinq heures et demie ; alors que je sortais de mon lit.

WALTER.

Et par-dessus quoi ?

ADAM.

Par-dessus... Monsieur le conseiller, pour dire la vérité, par-dessus moi ; j'ai donné de la tête contre le poêle, pourquoi, je n'en sais rien encore à cette heure.

WALTER.

En arrière ?

ADAM.

Comment en arrière ?

WALTER.

Ou en avant ? Vous avez deux blessures ; l'une devant et l'autre derrière.

ADAM.

En avant et en arrière. Marguerite ! (*Les deux servantes apportent le vin, etc., mettent le couvert, puis sortent*).

WALTER.

Comment ?

ADAM.

D'abord comme ceci, puis comme cela. D'abord sur l'arête du poêle qui m'a fendu le front, puis, du poêle, à la renverse sur le parquet, où je me suis fracassé l'occiput ! Vous permettez...

(Il verse).

WALTER, *PREND LE VERRE.*

Si vous aviez une femme je supposerais d'étranges choses, monsieur le juge.

ADAM.

Comment cela ?

WALTER.

Oui, sur ma foi, je vous vois toute la figure si bellement égratignée…

ADAM, *RIANT.*

Non, grâce à Dieu ! les ongles de femme n'y sont pour rien.

WALTER.

Je veux le croire. Encore un avantage du célibat !

ADAM, *CONTINUANT À RIRE.*

Des fagots pour les vers à soie qu'on m'avait mis à sécher au coin du poêle. À votre santé.

(Ils boivent).

WALTER.

Et par-dessus le marché, pas de perruque aujourd'hui, alors qu'elle aurait pu cacher vos blessures !

ADAM.

Oui, oui, un malheur ne vient jamais seul ! Voici, puis-je vous servir un peu de fromage à présent ?

WALTER.

Un tout petit morceau. Il vient de Limbourg ?

ADAM.

Directement de Limbourg.

WALTER.

Mais comment diable cela est-il arrivé, dites-moi ?

ADAM.

Quoi ?

WALTER.

Que vous soyez privé de votre perruque ?

ADAM.

Pensez un peu ! j'étais, hier soir, installé à lire un dossier, et comme j'avais égaré mes lunettes je me suis tellement enfoncé dans l'affaire, que ma perruque a pris feu à la flamme de la chandelle. J'ai cru que le feu du ciel tombait sur ma tête de pécheur ! J'ai voulu saisir la perruque, la jeter loin de moi, mais avant que j'aie pu détacher le cordon de la nuque, elle brûlait déjà comme Sodome et Gomorrhe ! C'est à peine si j'ai pu sauver mes trois cheveux !

WALTER.

Quelle malchance ! Et l'autre est en ville ?

ADAM.

Oui, chez le perruquier. Mais buvez donc !

WALTER.

Pas trop vite, je vous prie, monsieur le juge.

ADAM.

C'est que l'heure avance. Encore un petit verre.

(Il verse).

WALTER.

Lebrecht aussi a dû faire une mauvaise chute, si le drôle a dit vrai.

ADAM.

Ah oui ! sur mon honneur.

(Il boit).

WALTER.

Si, comme je commence à le craindre, l'affaire n'était pas débrouillée tout à l'heure, vous pourrez facilement dans votre village, reconnaître le coupable à sa blessure. *(Il boit).* C'est du Niersteiner ?

ADAM.

Quoi ?

Scène X.

WALTER.

Ou de l'excellent Oppenheimer ?

ADAM.

Du Niersteiner ! Hé ! vous êtes connaisseur ! garanti de Nierstein comme si je l'y avais cherché moi-même.

WALTER.

Je l'ai goûté au pressoir il y a trois ans. *(Adam verse de nouveau).* À quelle hauteur est votre fenêtre, hé ! là-bas, dame Marthe ?

DAME MARTHE.

Ma fenêtre ?

WALTER.

Oui, la fenêtre de la chambre où couche votre fille.

DAME MARTHE.

La chambre, en vérité, est au premier étage, au-dessus d'un cellier, pas plus de neuf pieds du sol, mais tout bien considéré, peu favorable à un saut. Car à deux pieds du mur se trouve un cep de vigne qui grimpe en espalier et étend ses rameaux noueux sur tout le mur ; la fenêtre même en est tout entourée, et un sanglier bien muni aurait du mal à s'y frayer un passage avec ses défenses.

ADAM.

Aussi n'y en a-t-on point trouvé.

(Il se verse).

WALTER.

Croyez-vous ?

ADAM.

Allez donc !

(Il boit).

WALTER, À *RUPRECHT.*

Où avez-vous frappé le drôle ? Sur la tête ?

ADAM.

Encore un verre ?

WALTER.

Non, laissez.

ADAM.

Si, passez-le-moi.

WALTER.

Il est encore à moitié plein.

ADAM.

il faut le remplir.

WALTER.

Mais non, vous dis-je.

ADAM.

Pour faire bon compte.

WALTER.

Je vous en prie.

ADAM.

Bah ! vous connaissez la règle de Pythagore.

(Il lui verse).

WALTER, *à Ruprecht.*

Combien de fois l'avez-vous atteint ?

ADAM.

Un est le Créateur, deux les ténèbres du Chaos, trois c'est le Monde. C'est trois qu'il faut. Dans le troisième on boit du soleil, et tous les astres du ciel dans les autres.

WALTER.

Combien de fois avez-vous frappé ? Hé Ruprecht ! c'est à vous que je parle.

ADAM.

Eh bien, le saura-t-on combien de fois as-tu frappé le bouc. Allons, parle ! Vrai Dieu, voyez, le gaillard ne sait pas lui-même si... L'as-tu oublié ?

Scène X.

RUPRECHT.

Avec le loquet ?

ADAM.

Oui, ou avec je ne sais quoi.

WALTER.

De la fenêtre, quand vous avez tapé dessus.

RUPRECHT.

Deux fois, messieurs.

ADAM.

Le gredin ! Il les a empochés !

(Il boit).

WALTER.

Deux fois ! Mais avec deux coups pareils vous pouviez le tuer, savez-vous ?

RUPRECHT.

Si je l'avais tué je… eh bien ! je serais content. S'il était là, étendu mort devant moi, je pourrais vous dire : Le voilà ! vous voyez que je n'ai pas menti.

ADAM.

Oui, mort ! Je crois bien ! Mais comme ça…

(Il boit).

WALTER.

Vous n'avez donc pas pu le reconnaître dans l'obscurité ?

RUPRECHT.

Comment aurais-je pu, on n'y voyait goutte.

ADAM.

Pourquoi n'ouvrais-tu pas tes yeux tout grands ! — Trinquons.

RUPRECHT.

Les ouvrir ! Je les avais bien ouverts : le diable m'y jeta plein de sable.

ADAM, *À PART.*

Du sable, oui ! *(À Ruprecht).* Aussi pourquoi les ouvrais-tu si grands.
— Allons trinquons : à tout ce que nous aimons !

WALTER.

À tout ce qui est juste, bon et loyal, juge Adam !

(Ils boivent).

ADAM.

Maintenant finissons, si vous voulez bien.

(Il verse).

WALTER.

Vous allez bien de temps à autre chez dame Marthe, monsieur le
juge. Dites-moi un peu qui y fréquente encore, à part Ruprecht.

ADAM.

Je n'y vais pas bien souvent, excusez. Je ne pourrais vous dire qui y
fréquente.

WALTER.

Comment ; vous ne faites pas parfois visite à la veuve de feu votre
ami ?

ADAM.

Très rarement, en vérité.

WALTER.

Dame Marthe, vous êtes-vous brouillée avec monsieur le juge ? Il dit
qu'il ne va plus vous voir.

DAME MARTHE.

Brouillée, ce n'est pas justement le mot ; je pense qu'il se dit encore
mon ami ; mais pour ce qui est de le voir souvent chez moi, je ne puis
pas justement le prétendre de monsieur mon cousin. Il y a bien neuf
semaines qu'il n'est entré, et encore c'était en passant.

WALTER.

Combien dites-vous ?

DAME MARTHE.

Quoi ?

WALTER.

Neuf semaines ?

DAME MARTHE.

Neuf, oui. Ça fera dix jeudi. Il était venu me demander des graines d'œillets et d'oreilles d'ours.

WALTER.

Et le dimanche, lorsqu'il va à la métairie ?

DAME MARTHE.

Oh ! là, il met volontiers le nez à ma fenêtre, nous dit bonjour à ma fille et à moi, puis continue son chemin.

WALTER, *À PART*.

Hum ! Dois-je vraiment soupçonner l'homme ? *(Il boit)*. Je pensais que comme votre jeune cousine donne de temps à autre un coup de main dans votre ménage vous alliez parfois voir sa mère pour la remercier.

ADAM.

Comment cela ?

WALTER.

Comment ? Vous m'aviez dit que la jeune fille soignait les poules malades de votre basse-cour ? Ne vous a-t-elle pas aujourd'hui même donné conseil à ce sujet ?

DAME MARTHE.

Oui certainement, elle le fait, monsieur le conseiller. Il lui a envoyé avant-hier une pintade malade, qui avait déjà la mort dans le corps. L'an dernier elle lui en a sauvé une de la pépie, et celle-ci, elle la sauvera aussi avec la pâtée de nouilles. Pourtant il ne s'est pas encore montré pour nous remercier.

WALTER, *DÉROUTÉ*.

Encore un verre, je vous prie, monsieur le juge. Versez-moi ; nous allons en boire encore un.

ADAM.

À votre service ; vous me faites le plus grand plaisir.

WALTER.

À votre prospérité. *(À dame Marthe).* Le juge Adam viendra déjà, tôt ou tard.

DAME MARTHE.

Croyez-vous ? J'en doute fort. Ah oui ! Si je pouvais offrir à mon cousin du Niersteiner comme vous en buvez et comme feu mon mari en avait aussi dans sa cave, alors sans doute ce serait une autre affaire ! Mais je ne possède dans ma maison, moi pauvre veuve, rien qui puisse l'attirer.

WALTER.

Cela n'en vaut que mieux !

Scène XI

LUMIÈRE, DAME BRIGITTE, *tenant une perruque en main ;* Les Servantes ; Les Précédents.

LUMIÈRE.

Ici, dame Brigitte, entrez !

WALTER.

Est-ce là le témoin, monsieur le greffier ?

LUMIÈRE.

Oui, c'est dame Brigitte, Votre Grâce.

WALTER.

Eh bien alors, reprenons l'affaire. *(Aux servantes).* Débarrassez. Voici.
(Les servantes desservent).

ADAM, *PENDANT CE TEMPS.*

Écoute maintenant, petite Ève. Si tu tournes la pilule comme il faut, je viendrai ce soir manger chez vous un plat de carassins ; mais il faut maintenant qu'elle passe tout entière par la gorge du drôle, et si elle est trop grosse, eh bien ! qu'il s'étrangle avec !

WALTER, *APERCEVANT LA PERRUQUE.*

Quelle est cette perruque que dame Brigitte nous apporte là ?

LUMIÈRE.

Monsieur le conseiller ?

WALTER.

Quelle est cette perruque qu'apporte dame Brigitte ?

LUMIÈRE.

Hum !

WALTER.

Quoi ?

LUMIÈRE.

Excusez.

WALTER.

Le saurai-je ?

LUMIÈRE.

Si Votre Grâce veut faire interroger dame Brigitte par monsieur le juge, elle apprendra sans doute à qui appartient cette perruque, et tout le reste s'en suivra.

WALTER.

Je ne veux pas savoir à qui elle appartient, mais comment elle est en possession de cette femme, où l'a-t-elle trouvée ?

LUMIÈRE.

Elle l'a trouvée dans l'espalier chez dame Marthe Rull, accrochée comme un nid dans l'enchevêtrement du pied de vigne, exactement sous la fenêtre de la jeune fille.

DAME MARTHE.

Quoi ! chez moi, dans l'espalier !

WALTER, *À VOIX BASSE.*

Monsieur le juge, si vous avez quelque chose à me dire confidentiellement, je vous prie, pour l'honneur de la justice, de le faire de suite.

ADAM.

Moi ?

WALTER.

Vous n'avez rien à dire ?

ADAM.

Sur mon honneur.

(Il saisit la perruque).

WALTER.

Cette perruque n'est-elle point vôtre ?

ADAM.

Cette perruque est à moi, messieurs. Par le feu du ciel, c'est bien celle que j'ai confiée il y a huit jours à ce garnement-là pour la porter à Utrecht à maître Mehl.

WALTER.

À qui ? quoi ?

LUMIÈRE.

À Ruprecht ?

RUPRECHT.

À moi ?

ADAM.

Vaurien ! Ne t'ai-je pas confié cette perruque, il y a huit jours, quand tu as été à Utrecht, afin de la porter au perruquier pour qu'il la rafraîchisse ?

RUPRECHT.

Si vous… Eh bien oui, vous m'avez confié…

ADAM.

Pourquoi n'as-tu pas remis la perruque, gredin ? Pourquoi ne l'as-tu pas remise, comme je te l'avais dit, dans la boutique de maître Mehl ?

RUPRECHT.

Pourquoi je… Mais, tonnerre de Dieu, je l'ai remise dans la boutique ; maître Mehl l'a prise.

ADAM.

Remise ! Et maintenant elle pend dans l'espalier de dame Marthe ! Mais attends, canaille ! Tu ne t'en tireras pas comme ça ! Il y a là-dessous une histoire de déguisement et de mutinerie, ou que sais-je ! Permettez-vous que j'interroge immédiatement la femme ?

WALTER.

Vous aviez confié la perruque ?

ADAM.

Monsieur le conseiller, quand ce gaillard-là, mardi dernier, devait conduire à Utrecht les bœufs de son père, il a passé au tribunal et m'a dit : « Monsieur le juge avez-vous une commission pour la ville ? — Mon fils, lui ai-je répondu, puisque tu es si complaisant, fais-moi donc mettre un toupet neuf à ma perruque ». Mais je ne lui ai pas dit : « Va et garde-la chez toi, déguise-toi avec et abandonne-la dans l'espalier de dame Marthe ».

DAME BRIGITTE.

Messieurs, je crois, si vous permettez, que cela ne devait pas être Ruprecht. Lorsque hier au soir je suis partie pour aller à la métairie voir ma cousine qui vient de faire ses couches, j'ai entendu la jeune fille gronder quelqu'un d'une voix étouffée : la colère et la crainte semblaient lui avoir coupé la parole : « Fi ! quelle honte, disait-elle, que c'est lâche ! Que faites-vous ! Allez-vous-en, je vais appeler ma mère », comme si les Espagnols étaient dans la place. « Ève, appelai-je à travers la haie, Ève qu'as-tu ? que se passe-t-il ? Tout devint silencieux. « Ève, répondras-tu ? » dis-je encore. — Que voulez-vous tante ? — Qu'y a-t-il donc ? ai-je demandé. — Qu'y aurait-il ? fait-elle. — Est-ce Ruprecht qui est là ? — Mais oui, Ruprecht. Allez tranquillement votre chemin ». Bon ai-je pensé ; il y en a qui s'aiment comme d'autres se disputeraient ; balaie devant ta porte.

DAME MARTHE.

Par conséquent ?

RUPRECHT.

Par conséquent ?

WALTER.

Silence ! Laissez-la finir.

DAME BRIGITTE.

Lorsque je suis revenue de la métairie, il pouvait être environ minuit, et que je passais dans l'allée de tilleuls près du jardin de Marthe, je vois tout à coup passer devant moi un individu étrange, avec une tête chauve et un pied-bot, laissant derrière lui une odeur nauséabonde comme de la vapeur de poix, de cheveux brûlés et de soufre. Je murmure un Dieu nous garde ! et me retourne pleine d'effroi, et qu'est-ce que je vois, messieurs ? cette tête dénudée répandre en disparaissant dans l'allée des lueurs phosphorescentes comme du bois pourri.

RUPRECHT.

Quoi ! Juste ciel !

DAME MARTHE.

Êtes-vous folle, dame Brigitte !

RUPRECHT.

Vous croyez que c'était le diable !

LUMIÈRE.

Silence, silence !

DAME BRIGITTE.

Sur mon âme, je sais ce que j'ai vu et senti !

WALTER, *AVEC IMPATIENCE.*

Femme, je n'ai pas à rechercher si c'était le diable ; on ne le dénonce pas ici. Si vous pouvez désigner quelqu'un d'autre, bon, mais faites-nous grâce de récits fantastiques.

LUMIÈRE.

Votre Grâce veut-elle lui laisser achever ?

WALTER.

Sont-ils stupides !

DAME BRIGITTE.

Comme vous voudrez. Seulement ! monsieur le greffier Lumière

Scène XI

répond de mon témoignage.

WALTER.
Comment ? répond de votre témoignage…

LUMIÈRE.
Oui, en quelque sorte.

WALTER.
En vérité je ne sais pas…

LUMIÈRE.
Je vous prie humblement de ne pas arrêter cette femme dans sa déclaration. Je ne soutiendrai pas que cela ait été le diable, pourtant un pied-bot, une tête chauve, et une fumée derrière lui, ce sont bien les apparences, si je ne me trompe. Continuez.

DAME BRIGITTE.
Lorsque aujourd'hui, ayant appris avec stupeur ce qui s'est passé hier chez dame Marthe Rull, j'ai été pour dépister le casseur de cruche que j'avais rencontré et voir la place où il avait sauté, je trouve dans la neige une trace, messieurs ! Quelle trace est-ce que je trouve dans la neige ? À droite une marque fine et nettement dessinée, la trace d'un pied humain, mais à gauche quelque chose d'informe, de grossièrement enfoncé, la marque d'un monstrueux sabot de cheval.

WALTER, *AGACÉ.*
Bavardages insensés et réprouvables…

VEIT.
Ce n'est pas possible, Brigitte.

DAME BRIGITTE.
Foi d'honnête femme ! D'abord à l'espalier, là où fut fait le saut, on voit un large cercle de neige foulée comme si une truie s'y était roulée ; et à partir de là, pied humain et pied de cheval et pied de cheval et pied humain cheminent côte à côte à travers le jardin et jusqu'au bout du monde.

ADAM.
Sacré nom ! Est-ce que par hasard le drôle se serait permis de s'attifer

en diable ?

RUPRECHT.

Quoi ! moi !

LUMIÈRE.

Taisez-vous.

DAME BRIGITTE.

Le chasseur qui poursuit un blaireau et qui vient d'en découvrir la piste n'est pas plus triomphant que je ne l'étais. « Maître Lumière, me suis-je écriée, (car précisément je voyais votre digne envoyé s'approcher de moi) maître Lumière, vous pouvez vous épargner la séance ; vous ne jugerez pas le démolisseur de cruches aujourd'hui, car celui-là il faudrait le chercher en enfer. Voici sa trace ».

WALTER.

Alors vous avez pu vous convaincre vous-même ?

LUMIÈRE.

Votre Grâce, en ce qui concerne la trace, c'est la vérité même.

WALTER.

Un pied de cheval ?

LUMIÈRE.

Un pied d'homme, mais *praeter propter*, comme un sabot de cheval.

ADAM.

Sur mon âme, messieurs, la chose me semble sérieuse. Il existe beaucoup de libelles où l'existence de Dieu est niée en termes mordants, mais nul athée, que je sache, n'a encore prouvé de façon péremptoire qu'il n'y a pas de diable. Le cas qui se présente me semble particulièrement digne d'être considéré. Je propose, avant de tirer des conclusions, de porter la question devant le synode de La Haye, à savoir : si la justice est autorisée à admettre que Belzébuth a cassé la cruche.

WALTER.

Une proposition comme j'en attendais une de votre part. Et vous, qu'en pensez-vous, monsieur le greffier ?

LUMIÈRE.

Je pense que Votre Grâce n'aura pas besoin du synode pour juger. Avec votre autorisation, dame Brigitte va continuer sa déposition, et le cas, j'espère, s'éclaircira grâce à divers rapprochements.

DAME BRIGITTE.

Là-dessus : « Monsieur le greffier, ai-je dit, suivons un peu la trace pour voir par où le diable a bien pu s'échapper. — Bien, dame Brigitte, me répond-il, c'est une bonne idée. Peut-être ne ferons-nous pas un grand détour en nous rendant chez le juge de paix ».

WALTER.

Et alors, que s'est-il passé ?

DAME BRIGITTE.

D'abord nous trouvons d'un côté du jardin, dans l'allée de tilleuls, la place où répandant son odeur de soufre, le diable s'était lancé contre moi : un cercle comme en fait un chien qui recule avec effroi devant un chat en colère.

WALTER.

Après ?

DAME BRIGITTE.

Non loin de là un souvenir de lui, au pied d'un arbre, j'en ai été effrayée !

WALTER.

Un souvenir, comment ?

DAME BRIGITTE.

Comment ? oui, là vous verriez…

ADAM, À PART.

Mes maudites coliques !

LUMIÈRE.

Passez, je vous prie, passez là-dessus, dame Brigitte.

WALTER.

Où vous a conduit la trace ? C'est là ce que je veux savoir.

DAME BRIGITTE.

Où ? Sur ma foi, chez vous par le plus court chemin. Tout comme disait monsieur le greffier.

WALTER.

Chez nous ? Ici ?

DAME BRIGITTE.

De l'allée de tilleuls, oui. Par le champ du bailli, le long de l'étang aux carpes, puis à travers le cimetière, et ici, chez monsieur le juge Adam.

WALTER.

Chez monsieur le juge Adam ?

ADAM.

Ici, chez moi ?

DAME BRIGITTE.

Chez vous, oui !

RUPRECHT.

Le diable ne doit pourtant pas loger au tribunal.

DAME BRIGITTE.

Sur ma foi, je ne sais pas s'il demeure dans la maison, mais j'affirme bien qu'il s'est arrêté ici, la trace par derrière la maison va jusqu'au seuil.

ADAM.

Il devait peut-être traverser ?

DAME BRIGITTE.

Peut-être traverser, oui. Cela se peut. Devant la maison…

WALTER.

Il y avait aussi une trace devant la maison ?

LUMIÈRE.

Excusez, Votre Grâce, pas de trace devant.

DAME BRIGITTE.

Devant, le chemin était foulé.

ADAM.

Foulé. Traversé. Prenez garde, vous verrez que le drôle aura fait un mauvais coup à la justice, ici. Je ne veux pas être un honnête homme, si cela ne pue pas au greffe. Et si mes comptes, comme je n'en doute pas, se trouvent tout dérangés, sur mon honneur je n'y suis pour rien.

WALTER.

Moi non plus ! *(À part).* Hum ! Je ne sais pas si c'est le droit ou le gauche, un de ses pieds… *(Haut).* Monsieur le juge, votre tabatière, je vous prie.

ADAM.

Ma tabatière ?

WALTER.

Oui, prêtez-la moi.

ADAM, *à LUMIÈRE.*

Apportez-la à monsieur le conseiller.

WALTER.

Pourquoi ne pas me la passer vous-même ? Il n'y a qu'un pas.

ADAM.

C'est déjà fait. Donnez-la.

WALTER.

Je vous aurais dit quelque chose à l'oreille.

ADAM.

Nous aurons peut-être l'occasion, après.

WALTER.

Bon. *(Après que Lumière s'est rassis).* Dites-moi, messieurs, y a-t-il quelqu'un dans l'endroit qui ait un pied difforme ?

LUMIÈRE.

Hum ! Certainement il y a quelqu'un à Huisum.

WALTER.

Ah ! qui donc ?

LUMIÈRE.

Si Votre Grâce veut demander à monsieur le juge.

WALTER.

Monsieur le juge Adam ?

ADAM.

Je n'en sais rien ! Je suis en fonction à Huisum depuis dix ans, et, à ma connaissance, tout y a poussé droit.

WALTER, À LUMIÈRE.

De qui parliez-vous ?

DAME MARTHE.

Vous n'avez pas besoin de cacher vos pieds sous la table, comme si c'était vous qui aviez laissé la trace.

WALTER.

Qui, monsieur le juge Adam ?

ADAM.

Moi, la trace ? Suis-je le diable ? Est-ce là un sabot de cheval ?
                                    (Il montre son pied droit).

WALTER.

Sur mon honneur, le pied est excellent. *(Bas à Adam).* Finissez de suite la séance.

ADAM.

Un pied ! si le diable en avait un pareil, il pourrait aller au bal et danser.

DAME MARTHE.

C'est aussi ce que je dis. Comment monsieur le juge aurait-il…

ADAM.

Quoi, moi ?

WALTER.

Finissez de suite, vous dis-je.

DAME BRIGITTE.

La seule objection, messieurs, me paraît être ce grave ornement.

ADAM.

Quel ornement ?

DAME BRIGITTE.

Cette perruque ! Qui vit jamais le diable en pareille tenue ? Un édifice plus ornementé et plus enduit de suif que ce que porte en chaire un doyen de chapitre.

ADAM.

Nous ne savons ici que bien imparfaitement ce qui est de mode en enfer, dame Brigitte ! On dit généralement que le diable porte ses propres cheveux. Pourtant je suis convaincu que sur terre il se met une perruque pour être compté parmi les notabilités.

WALTER.

Coquin ! digne d'être ignominieusement chassé du tribunal devant tout le monde. C'est uniquement la dignité de la Justice qui vous protège. Terminez la cession.

ADAM.

J'espère que…

WALTER.

Vous n'avez rien à croire à présent, retirez-vous de l'affaire.

ADAM.

Croyez-vous que j'aurais, moi le juge, laissé hier ma perruque au pied de vigne !

WALTER.

Dieu m'en garde ! La vôtre n'a-t-elle pas disparu dans le feu comme Sodome et Gomorrhe ?

LUMIÈRE.

Excusez, monsieur le conseiller, la chatte y a fait hier ses petits.

ADAM.

Messieurs, si l'apparence ici me condamne, vous, ne vous pressez pas trop je vous prie. Il s'agit pour moi de l'honneur ou de la honte. Tant que la jeune fille se tait, je ne vois pas de quel droit vous m'accusez. Je siège ici, au tribunal d'Huisum et je pose la perruque sur la table : celui qui prétendra qu'elle m'appartient, je le cite devant la cour suprême d'Utrecht.

LUMIÈRE.

Hum ! La perruque vous va cependant, par ma foi, comme si elle avait poussé sur votre crâne !

(Il la lui met).

ADAM.

Quelle calomnie !

LUMIÈRE.

Non ?

ADAM.

Même comme manteau sur mes épaules, elle est trop large *a fortiori* pour ma tête.

(Il se considère dans une glace).

RUPRECHT.

Ah, nom de Dieu !

WALTER.

Vous, taisez-vous.

DAME MARTHE.

Ah ! quel damné juge !

WALTER.

Encore une fois voulez-vous en finir immédiatement, ou est-ce moi qui dois terminer ?

ADAM.

Bien, qu'ordonnez-vous ?

RUPRECHT.

Parle, Ève ; était-ce lui ?

WALTER.

Que vous permettez-vous, malhonnête ?

VEIT.

Tais-toi, te dis-je.

ADAM.

Attends, animal, je vais t'attraper.

RUPRECHT.

Hé, toi, sacré pied-bot.

WALTER.

Holà ! le garde.

VEIT.

Ferme ton bec, dis-je.

RUPRECHT.

Attends ; aujourd'hui je ne te manquerai pas, aujourd'hui tu ne me lanceras pas de sable dans les yeux.

WALTER.

N'avez-vous pas assez de bon sens, monsieur le juge…

ADAM.

Oui, si Votre Grâce le permet, je vais rendre immédiatement la sentence.

WALTER.

Bon. Faites-le. Rendez-la.

ADAM.

L'affaire est maintenant résolue, et c'est Ruprecht, ce gueux, qui est le coupable.

WALTER.

Bon. Après ?

ADAM.

Je le condamne au carcan, et comme il s'est conduit malhonnêtement envers son juge, je le jette dans le cachot, où il restera le temps que je déciderai par la suite.

ÈVE.

Lui, Ruprecht !

RUPRECHT.

Moi, en prison !

ÈVE.

Dans les fers !

WALTER.

Ne vous tourmentez pas, mes enfants. Avez-vous fini ?

ADAM.

Quant à la cruche, qu'il indemnise ou non, ça m'est égal.

WALTER.

Bien donc. La session est terminée. Et Ruprecht ira en appel à Utrecht.

ÈVE.

Il devra d'abord en appeler à Utrecht ?

RUPRECHT.

Quoi, je…

WALTER.

Oui, par le diable ! Et jusque-là…

ÈVE.

Et jusque-là ?

RUPRECHT.

Aller en prison !

ÈVE.

Et tendre le cou au carcan. N'êtes-vous pas aussi juge ? Et lui, l'impudent qui est assis là… car c'était lui !

WALTER.

Tais-toi, tu entends ! Jusque-là on ne touchera pas à un de ses cheveux.

ÈVE.

Va, Ruprecht ! C'est le juge Adam qui a cassé la cruche.

RUPRECHT.

Attends seulement, toi !

DAME MARTHE.

Lui ?

DAME BRIGITTE.

Lui ?

ÈVE.

Oui, lui ! Allons, Ruprecht. C'est lui qui était chez ton Ève, hier. Allons, attrape-le ; arrange-le maintenant comme tu voudras !

WALTER.

Halte-là. Ceux qui causeront du désordre ici…

ÈVE.

Tant pis. Puisque tu as quand même les fers. Va Ruprecht. Va, jette-le à bas du tribunal !

ADAM.

Excusez, messieurs.

(Il se sauve).

ÈVE.

Ici, attrape-le.

RUPRECHT.

Tiens-le.

ÈVE.

Vite !

RUPRECHT.

Diable boiteux !

ÈVE.

Le tiens-tu ?

RUPRECHT.

Tonnerre de Dieu ! Je n'ai que son manteau !

WALTER.

À la porte ! Appelez le garde !

RUPRECHT, *TAPANT LE MANTEAU.*

Pan ? en voilà un ! et pan ! et pan, et encore, et encore un. À défaut du dos !

WALTER.

Assez, malappris. De l'ordre ici ! Si vous ne vous tenez pas immédiatement tranquille, la condamnation aux fers se réalisera aujourd'hui même.

VEIT.

Tiens-toi donc tranquille, imbécile.

Scène XII

LES PRÉCÉDENTS, *moins* ADAM. *Tous se placent sur le devant de la scène.*

RUPRECHT.

Eh ! ma petite Ève. Comme je t'ai honteusement offensée aujourd'hui. Ah par le feu du ciel ! Et hier ! Ah toi, petite amie dorée, fiancée de mon cœur, pourras-tu de ta vie me le pardonner !

ÈVE, *SE JETANT AUX PIEDS DU CONSEILLER DE JUSTICE.*

Monsieur, si vous ne nous venez pas en aide nous sommes perdus !

WALTER.

Perdus ? Pourquoi cela ?

RUPRECHT.

Dieu du ciel ! Qu'y a-t-il ?

ÈVE.

Sauvez Ruprecht de la conscription ! Car cette levée, le juge Adam me l'a confié en secret, doit partir pour les Indes, et de là, vous savez, il ne revient pas un homme sur trois.

WALTER.

Aux Indes ? As-tu ta raison ?

ÈVE.

Pour Bantam, monsieur le conseiller. Ne le niez pas. Voici la lettre, l'instruction secrète qui concerne la milice campagnarde et que le gouvernement a envoyée tout récemment. Vous voyez, je suis au courant de tout.

WALTER, *LISANT LA LETTRE.*

Voilà bien l'imposture la plus inouïe. Cette lettre est fausse.

ÈVE.

Fausse !

WALTER.

Sur ma vie ! Monsieur le greffier, dites vous-même si c'est là l'instruction qui vous a été envoyée dernièrement d'Utrecht.

LUMIÈRE.

L'instruction ? Quoi ! Le bandit ! C'est lui-même qui a libellé ce papier. Les troupes que l'on enrôle sont destinées au service intérieur du pays. Nul ne pense à les envoyer aux Indes.

ÈVE.

Quoi, absolument pas, messieurs ?

WALTER.

Sur mon honneur ! Et comme preuve de ce que j'avance, je rachèterais Ruprecht s'il en était comme tu dis.

ÈVE, *SE RELEVANT.*

Ah ! juste ciel ! Comme ce vilain homme m'a trompée ! Il m'a tourmentée avec cette effroyable perspective, puis il est venu à la nuit me proposer un certificat pour Ruprecht, m'expliquant comme quoi une fausse attestation de maladie pourrait le sauver de tout service militaire ; il démontrait, affirmait, et finalement se glissa dans ma chambre soi-disant pour terminer le certificat ; et là, messieurs, il me demanda des choses si honteuses qu'aucune jeune fille n'oserait les répéter...

DAME BRIGITTE.

Ah ! le misérable, l'éhonté menteur !

RUPRECHT.

Ne pense plus au pied-bot, ma chère enfant. Vois-tu, je serais tout juste aussi jaloux si un cheval avait cassé la cruche dans ta chambre.

(Ils s'embrassent).

VEIT.

C'est aussi ce que je dis : embrassez-vous, réconciliez-vous, aimez-vous. Et si vous voulez, à la Pentecôte on fera la noce.

LUMIÈRE, *À LA FENÊTRE*

Voyez donc comme le juge Adam, montant et descendant les côtes, galope à travers les champs labourés, comme s'il fuyait la roue et la potence.

WALTER.

Qui ? le juge Adam ?

LUMIÈRE.

Lui-même. Maintenant le voilà sur la route. Voyez voyez ! et la perruque qui lui pend dans le dos !

WALTER.

Vite monsieur le greffier, courez après lui et ramenez-le, qu'il n'empire pas le mal en voulant se sauver. Assurément il est suspendu de ses fonctions, et je vous charge de le remplacer en attendant une décision ultérieure. Pourtant si ses comptes sont en règle, comme je l'espère, je ne veux pas l'obliger à partir. Allez vite ! Faites-moi le plaisir de le ramener !

Scène XII

Scène XIII.
LES PRÉCÉDENTS, *moins* LUMIÈRE.

DAME MARTHE.
Dites-moi, monsieur le conseiller, où trouverai-je à Utrecht le siège de la justice ?

WALTER.
Pourquoi, dame Marthe ?

DAME MARTHE, *PIQUÉE*.
Hum ! pourquoi ? Je ne sais pas. Ne faut-il pas que justice soit faite à ma cruche ?

WALTER.
Excusez-moi. Certainement. Il y a audience place du Marché le mardi et le vendredi.

DAME MARTHE.
Bon ! Je m'y présenterai la semaine prochaine.

FIN.